「もしよろしければ、私たちと一緒に攻略に参加していただけないでしょうか？」
伊上浩介
いがみこうすけ
最低ランク三級の冒険者であるものぐさなおっさん。普段からやる気なさげだが、実は特級ですら死ぬようなダンジョンからも帰還した『生還者』と呼ばれる伝説の存在。
宮野瑞樹
みやのみずき
冒険者学校に通う真面目で努力家な美少女。特級と呼ばれる冒険者全体の1%に満たない一握りの天才。

「宮野、俺たちが隙を作る。
お前は最大火力で頭を狙え！」
安倍晴華
あべはるか
面倒くさがりな所がある少女。炎の魔法を得意とする一級魔法使い。
北原柚子
きたはらゆず
内気で仲間想いの少女。治癒に加えて結界の展開も出来る一級治癒師。

「やあああああっ!!」
浅田佳奈
あさだかな
伊上を敵対視する見た目ギャルっぽい少女。大槌を振り回して戦う一級の重戦士。

「……あー、こりゃあ無理だな。
流石白騎士。怪我しててそれかよ」

工藤 俊
くどうしゅん
『白騎士』の異名を持つ特級冒険者。

「それはあなたもでしょう。
特級に食らいつく三級なんて、
そうそういないでしょう」

最低ランクの冒険者、勇者少女を育てる 1

〜俺って数合わせのおっさんじゃなかったか？〜

農民ヤズー

HJ文庫
994

口絵・本文イラスト　桑島黎音

LOWEST RANK
ADVENTURER

プロローグ　新たなチーム

「俺について行った先に輝かしい勝利を見てるんだったら、それは幻想だ。俺は華々しい勝利なんてのは与えられない。できることは小狡く、小賢しく、卑怯に卑劣に貪欲に、ただ勝ちに行くことだけだ。見ている奴は非難するかもしれないし、お前たちを軽蔑するかもしれない。それでもいいのか?」

そう。所詮俺はその程度のやつだ。かっこいい勝利なんてできない。誰もが憧れるような、素晴らしい成果なんて出せない。

誰がなんと言おうと、できるのはただ一つ。みっともなく生き足掻くだけ。

だがもし、もしそれでもいいと言うんだったら……。

「……冒険者に必要なのはかっこよく戦うことではなく、這いつくばってでも生き残ることです。そう教えてくれたのはあなたですよね?」

俺の言葉を聞いた目の前の少女は、もっと違う冒険者の姿というものを想像してたはずだ。もっと違う、冒険者というものの理想の姿。

強く、かっこよく、凄い力で誰も彼も助けてしまう……そんな英雄みたいな冒険者の姿。

「あなたの教えを受けたのはたった一ヶ月程度のことだったけど、それでもその教えは私の中で『冒険者である私』を作る土台になっているし、そのことを間違いだとは思っていない。だから、今更その程度のことで迷うつもりはありません」

だがそれでも、そんな本来の理想を捨ててでも勝ちたいと願い、俺みたいな最低位の冒険者に頭を下げている。

そんな少女の姿を見て、俺は小さく息を吐き出すと俺を見る少女をまっすぐ見つめた。

「……なら、勝たせてやる」

「はい！」

そして俺たちは動き出す。譲ることのできない大切な想いを守るために。

「今日も無事に生き残れました、っと」
少し後ろを歩いていた三十過ぎの男がそう言いながら息を吐き出し、さっきまで俺たちのいた部屋から出てきた。

ここは冒険者組合の建物の中。俺たちはその中の一室を借りていた。

この場にはそいつ以外に俺を含めて三人いるが、俺たちはそいつが出てきたのを確認すると冒険者組合の建物の外へと向かって歩き出した。

「あー、だりぃ。なんでダンジョン攻略した日に報告なんだよ。明日でもいいじゃねえか……」

俺は伊上浩介。今年で三十五になるおっさんだ。

俺たちが何をしてたのかってーと、『ダンジョン』の報告だ。

ダンジョン――一昔前までは空想の中の出来事だと思っていたそれだが、今では空想なんかではない。

今からおよそ二十年前、とある国がなんかの実験をやって失敗した。確か……人工的なブラックホールだかホワイトホールだかを生成してそこからエネルギーを作る、とかなんとか、そんな感じの実験だった気がする。

まあその実験は失敗したわけだが、その時に予想外の結果が生まれた。

次元がズレたのだ。

そんなことを言われても何を言っているのかわけがわからないだろう。でも大丈夫だ、俺もわけがわからないから。

だがまあ、何が起こったのかはわからなくても、その結果どうなったのか、ってのはわかってる。

簡単に言えば、異世界と繋がった。それも、友好的な種族のいる場所じゃなくてモンスターと呼ばれる化け物どもの巣穴にだ。

当初はわけがわからずにかなりの人が犠牲になった。

自衛隊なんかも出動したが、敵は銃弾を弾き爆風の中でも動き回るような正真正銘の化け物ども。

加えて、敵は魔法なんて超常の技を使ってくるんだ。あの時は本当に世界の終わりが来ると思っていたし、世界中の奴らもそう思っていた。

だが、そんな中でモンスターたちと同じように超常の技――魔法を使う奴らが現れた。

そして魔法を使う者だけではなく、モンスターと対等に殴り合うことさえもできる者も現れた。

俗に言う、『覚醒者』って奴らだ。

専門家はモンスターたちの世界の空気に触れたことで、本来なら目覚めるはずのなかった力が覚醒したとか言ってるが、本当のところはどうなのかわからない。まあ結果だけを見ればそうなのかもしれないが、実際のところはわからないし、どうでもいい。

で、だ。覚醒者たちは自分たちを襲ってきたモンスターたちを殺し、そいつらの出てきた場所……黒く渦巻く空間へと逆侵攻した。

多分、恨みだったんだろうな。親兄弟、友人恋人知人恩人。そんな人たちを殺されて、その復讐として渦巻く空間――『ゲート』の中へと進んでいった。

それから何日かして、ゲートの中に入っていった奴は死んだんだろうと思われた頃、一人の男がゲートから姿を見せた。

そして帰ってきたその男によって、ゲートの先にはモンスターたちの住処――『ダンジョン』があり、その最奥の核となっているものを壊すとゲートも壊れるというのがわかった。

その情報を受けた国は覚醒者をまとめて、ダンジョンを攻略させた。それが今でいう『冒険者』の始まりだ。

それから二十年近くが経って、冒険者という存在もそれなりに世間に馴染んできた頃。なんの罰なのか、俺も冒険者として覚醒した。

これで俺も超常の力を使うことができる！　……なんて、喜ぶわけがない。

確かに憧れたことはあるさ。手から炎を出したり、剣で岩を切ったりな。

だが、実際に自分が化け物どもと戦えって言われたら、御免被る。

しかしながら、冒険者として目覚めた俺に戦わないという選択肢はなかった。

冒険者となったものは、最低でも五年間は国の出したノルマをこなさないといけない。

これは発生するゲートの数に対して今の冒険者の数には不安があるから仕方がないと言えば仕方がないのだが……はぁ。

もちろん『化け物と戦う』なんて危険を押し付けられるんだからそれなりの特権というか、ご褒美はある。

金払いは良いし、病院なんかは待ち時間なしに治療を受けられる。あとは住宅を買う際に割引されたり、銀行から無担保で借りられたりと、色々とある。

が、それは本当に命をかけるだけの価値があるものか？

確かに金払いは良いさ。覚醒者はその力の度合いによって階級分けされるが、最低位の覚醒者であっても普通に働いている会社員よりは稼げるし、頑張れば凡人でも年収一千万も狙える。

だが、もう一度言うがそれは、本当に命をかけるだけの価値があるのか？

少なくとも俺は覚醒なんてしたくなかったし、普通の会社員として生きたかった。冒険者？　んなもんはクソくらえだ。

「もうそろそろキツくなってきたよな。いや、結構前からキツかったけどよ」

「つってもあと三ヶ月でこの苦行も終わりだ。それならすぐだろ」

「その『すぐ』が結構きついんだよ。ほら、ゴールが見えると途端に疲労感が襲ってくる感じ」

ここにいる俺たち四人は全員が三十過ぎといったが、中にはもう四十を超えている奴もいる。

覚醒者は、どれほど弱いやつであったとしても並のアスリートよりも速く走れるし、力も強い。

だがそれでも年齢には勝てないのだ。

同じ期間冒険者として活動している二十歳と四十歳の者がいたらどちらを選ぶかといったら、大抵の場合は二十歳の方を選ぶ。

加えて、今までろくに鍛えていなかった俺たちが、突然力に目覚めたからって満足に動くことができると思うか？

しかもだ、それらに加えてまだ問題がある。

覚醒者は『先天性覚醒者』と『後天性覚醒者』……まあ、生まれつきかそうでないかに分かれるんだが、後天性覚醒者は先天性に比べて弱いのが基本だ。

後天性覚醒者であっても子供の頃に目覚めた場合は先天性と遜色なく強くなれるが、それは幼ければ幼いほど力が強くなりやすい。

これは仕方がないと言うのはわかる。どんな事柄であっても、子供の方が適応するのが早いんだからな。

だからおよそ三十から覚醒した後天性覚醒者である俺たちは他の冒険者たちから見向きもされない。これから強くなるだけの時間も才能もないんだから。

「つーかあとは浩介だけだったか?」

「ん? ああ、あとは俺だな。俺の残りの三ヶ月が終われば晴れて『お勤め』も終わりだな」

俺たちはダンジョンに潜る際の最低人数である四人でチームを組んでいる。

その全員が後天性覚醒者であり国から五年間のダンジョン攻略——通称『お勤め』を定められているのだが、俺以外の三人はもう『お勤め』を終えている
なんで『お勤め』なんていうのかと言ったら、これは望まぬ後天性覚醒者にとっては刑務所の強制労働と同じようなものだからだ。

お勤めの終了時期が違うのは、当然と言うべきか、俺たちの覚醒した時期が違うからだ。

一番早く覚醒した奴だと、俺より三年も早く覚醒していた。その分早く『お勤め』を終えているのだが、それでも同じチームの俺たちの事を思って冒険者として残ってくれた。

そうして冒険者として活動しているうちに他の二人も『お勤め』を終えた。

んで、そんなわけで残りは俺一人だけなんだが、そのお勤めも後三ヶ月ちょっとで終わる。

「……それくらいなら、お前なら一人でも行けんじゃね？　もう解散でいいだろ」

「ふざけんなっ。一ヶ月だったとしても一人で潜るとか自殺行為だろうが！」

「いやでも、お前ちょっと〝あれ〟だし、三ヶ月程度ならマジで一人で行けそうな気が……」

そんな風に軽口を叩きながら先ほどまで使っていた部屋の鍵を返すために受付に行った。

「ちょっとどうしてよ!?」

「あん？」

だが、俺たちが受付にたどり着くと、隣の受付から幼さの残る少女の叫ぶ声が聞こえた。

「どうして、と言われましても、現在あなた方に紹介できる冒険者の方はいないのです。現在――」

「だからそれがどうしてって聞いてんの！」

「ちょっと佳奈、落ち着いて。今お姉さんが話してる途中だったから。最後まで聞こう？ね？」

少女たちは三人いて、そのうちの一人が受付の女性を相手に怒鳴っているが、それを三人のうちもう一人が宥めている。

友達、だろうか。その少女に宥められ、叫んでいた少女は渋々という態度を前面に押し出しながら黙った。

「ごめんなさい。さっきの続きをお願いしてもいいですか？」

「いえ、こちらも言葉が足りなかったようで申し訳ありませんでした」

とりあえず謝るのが日本人。クレーマーにはなれているのだろう受付の女性は、相手が子供であっても丁寧に頭を下げて対応している。

「あなた方に冒険者を紹介できないと言いましたが、正確にはあなた方以外にも冒険者を紹介できない状況なのです。現在この組合の管理下にある地域で三つのダンジョンが同時に発生しました。それ自体は珍しくはあっても異常なことではないので問題ないのですが、その三つのダンジョンの調査、及び戦闘待機として多くの冒険者が駆り出されたのです。ですので、ご紹介できるほどの冒険者が余っていない、というのが現状なのです」

へぇー、三つ同時か。確かに珍しいことだが、ないわけじゃないな。

それに、ここの規模だと三つなんてとりあえずの調査をするだけで精一杯だろう。これは冒険者の総数が少ないから仕方がないことだ。

と言っても、これでもここは多い方なんだけどな。何せここには冒険者育成のための学校がある。首都ではないけど、首都から一時間ちょっとでくることができて周りに田んぼの多かったここは丁度よかったんだろう。冒険者のための施設って結構場所とるし。

「……では、今日は仲間を集める事はできず、私たちはダンジョンに入れないって事ですか？」

「あなた方であと一人用意して入る分には許可できますが、こちらでご紹介する事はできません」

ダンジョンに入る人数に上限は決められていないが、最低でも四人必要だ。これは法律で定められていることで、それ以下で入れば罰則がある。

まあそれだって『基本的には』だ。何事にも特例ってのはあるもんだ。例えば緊急事態だったり、後は……世界最強、なんて冗談みたいな名前で呼ばれるようなやつとかな。

「あ？　何見てんだ？　いい歳したおっさんが女子高生を見つめてると事案だぞ？」

「は？　バカ言うなよ。そっちじゃねえって。三つのダンジョンの方だ」

隣の騒ぎを見ていたら、一緒にいた仲間にそんなことを言われたのでそっちに視線を戻すと、鍵を返し終えてもう帰るところだったようだ。

「ああ、それな。俺たちは新規のダンジョンなんて危険ばっかりで潜らないけど、金にはなるからな」

「でも普通のダンジョンに潜って稼いでるだけでも十分な稼ぎにはなるだろうに……わざわざ命の危険を冒してまで金が欲しいもんかね？」

俺だったら命が惜しいけどな。実際『お勧め』が終わったらすぐにでも冒険者をやめようと思ってるくらいだし。

「知ってるか？『危険を冒す者』って書いて『冒険者』って呼ぶんだぜ！」

「あーはいはい。知ってる知ってる」

「金より命だろ」

「まあ金があるに越した事はないけど、俺たちは高望みすると本当に死ぬからなぁ」

チームの仲間とそんな風に話しながらその場を離れていくが、最後にチラッとだけ後ろを振り向いて騒いでいた少女たちを見た。

……あ、目があった。

「で、だ。今月のノルマはもう終わったし、後は各自自由に解散でいいよな？」

騒いでいた少女を止めた子と目があったが、仲間の声を聞いてすぐに前へと振り向く。

「ああ」

「いいよ」

「俺も」

「んじゃあ、次に集まんのは二週間後でよろしく。まあその間もダンジョンには潜んないけど筋トレと準備は怠るなよ。後たった三ヶ月なのに死んだらシャレになんねえからな」

「わかってるよ」

後三ヶ月……のくだりで俺を見たので、俺は肩を竦めて返事をすると他の二人も頷いた。

「じゃあかいさ――」

「あの！」

今月の『お勤め』のノルマが終わったので解散しようとチームリーダーが宣言しようとしたのだが、その言葉は聞き覚えのある声によって遮られた。

いや、聞き覚えがあるって言うか、この声さっき聞いたばかりだわ。

「ん？」

もう解散気分でいた俺たちはかけられた声にとっさに振り向くが、そこにはやはり先ほど聞いた声の主である三人組の少女の一人がいた。

「えっと、その……失礼ながらお話を聞いてしまいました。ごめんなさい」

「え？　ああいや、別に構わないけど。俺たちも隠そうとしてたわけでもないし？」

突然若い女の子に話しかけられたからか、我らがリーダー、ヒロこと渡辺弘は困惑を見せながら答えた。

お前、結婚してるくせに照れんなよ。あとで嫁さんに伝えちまうぞ?

「それで、少々お聞きしたいことがあるのですが、皆さんは本日の『攻略』を終えたのですよね?」

「ああ、まあ」

「もしよろしければ、私たちと一緒に攻略に参加していただけないでしょうか?」

少女のその言葉に俺たちは顔を見合わせる。

まだ少女から話を聞いていないが、なぜそんな事を言ったのかその理由はおおよそ見当がつく。おそらく、仲間が足りないんだろう。

少女の後ろへと視線を送るが、見たところそこには先ほど騒いでいた少女ともう一人の大人しめな感じの少女しかいない。

軽く周囲へ視線を巡らせるが、この子たちの仲間や知り合いといった感じの者はいない。

ってことはだ、この子たちはダンジョンに入ろうとして最低人数不足で止められたってことだろう。

と言うかそんな話をさっき横でしてたし。

で、丁度隣に俺達ダンジョン攻略を終えた奴らがいたからメンバーとして参加してもらえないか話しかけたとかそんなところだろう。

　俺たちのリーダーであるヒロもその事を理解したのか、俺たちから話しかけてきた少女へと視線を戻すと、相手を怖がらせないためにか普段よりも優しげで丁寧な口調で諭すように話し始めた。

「……いきなりそんなことを言われてもな。わかってるとは思うが、ダンジョンってのは危険なところだ。入るんだったらどんな場所でも命の危険が伴う。それを組合の紹介もなく会ったばかりの人から『一緒に来てくれ』なんて言われても、すぐには頷けない」

「……はい」

　本来なら組合がチームを組んでいない人や、チームでの活動予定が入っていない人を確認して推薦してくれるのだが、さっき言ったように今日に限ってはそれができない。

　だから組合に頼らずに自分たちで残りのメンバーを探さないといけないわけだが、基本的に組合で紹介していない者同士のチームは推奨されていない。

　それが元々の知り合いなんかだったり知り合いの紹介だったりするのなら別だが、全く見ず知らずの相手と組むのは本来なら避けるべきことだ。

　何せダンジョンの中は化け物だらけの危険地帯。そんな場所でお互いによく知りもしないのに連携してお互いの不足を補い合って進めと言うのはなかなかに厳しい。

技量も性格もわからないのだから、ダンジョンの中で喧嘩をするかもしれない。そうなったらかなりやばい。お互いに足を引っ張って共倒れ、なんてのは割とよくあることだ。

加えて、よくお話にあるようにダンジョンの中は無法地帯。一応殺しやそれに類することは禁じられているが、監視カメラがあるわけでもなし、中で何があってもわからないのだ。

だからこそ、本当に信頼できる仲間と一緒じゃないとダンジョンには潜ってはいけない。

「多分君たちは、あれだろ？　学校の授業とか課題とかそんなやつでダンジョンに潜る必要があるんじゃないか？　でも見たところ君たちは三人しかいない。ダンジョンに潜るには特例を除き、最低でも四人必要だ。その後一人の数集めに困ってる。そんなところかな？」

「はい。本当はもう一人いるはずだったのですが、病気になってしまいまして……」

「ならその子が治るのを待ってから挑戦すればいいんじゃないかい？」

「できません。今回の試験は期限が一週間だったたんですけど、今日含めて後三日しかないんです。でもその子はまだ治りそうもなくて……」

ヒロが言ったように俺ももう一度日を改めて挑戦すれば良いと思ったのだが、どうやらそうはいかないらしい。

あと三日しかないいんじゃ、本当にギリギリだな。

ダンジョンは場所にもよるけど、一日で終わらないことがある。と言うかむしろその方が多い。

この子達の場合は初めてなんだろうし、そんな泊まりで行かないといけないような場所に潜ったりしないだろうけど、それでも失敗をした場合を考える必要がある。

そして失敗した場合残りは二日となるわけだが、そのうち一日は準備や治療のための休養日に当てる必要がある。

そしてその翌日に再挑戦となるのだが、今日挑めないとなると再挑戦を諦めるか休養日を無くさないといけない。そうなると結構危ないことになる。

だからこそ、多少の無茶があったとしても今日挑もうとしたのだろう。

「……あー、でも俺たちが受けたところで大丈夫なのか？　その病気の子も一緒に行かないと合格にはならないんじゃないか？」

「いえ、合否は班単位で行われますので、所属さえしていれば参加していなくても合格扱いになります。それに、各班一人までなら外部の助っ人が認められているんです」

「助っ人ね……」

「……やはり、ダメでしょうか？」

「あー……ちょっと待って」

ヒロはそう少女に断りを入れると、もう一度俺たちに振り返ってきた。

「どうするよ？」

このまま放っておけば、この子達は俺たち以外の誰かを誘うだろう。別にそれはそれで構わないのだが、その相手がまともな人間である保証はどこにもない。

もし『ハズレ』を引き当てた場合、この子達は初めてのダンジョンで死ぬこともあるが、それだけならまだマシな方だ。ともすれば誰も見ていないのを良いことにこの子達を犯したりする可能性だってある。そう言う事件は、決してないわけじゃないんだから。

この少女達とは会ったばかりの他人だが、こうして悲劇を止められる立場にいて、後になって何かあったと分かったらクソみたいな気分になるのは明らかだ。

ヒロは同じ考えだからこそ、俺たちに聞いてきたんだろう。

「やるしかなくねえか？」

「だよな。ここで見捨てたら絶対に後悔する確信がある」

「俺もだなぁ……正直めんどくせえ感がするけど」

そしてそれは俺たち三人も同じだった。

ついさっきと言っても良いくらいの時間にダンジョンから帰ってきた俺たちとしては、今すぐにでも帰って休みたい。

だが、このまま見捨てるのも嫌だ。

「うーん……ちなみに、君たちの役割と階級を教えてもらってもいいかな？」

俺たちの答えを聞くと、ヒロは軽くため息を吐き出してから少女へと向き直ったが、ヒロがそう言うと、参加してくれそうな雰囲気だからか少女はパッと笑みを浮かべた。

「あ、はい！　私は剣士で特級です。この子は戦士の一級で、こっちの子は治癒師の一級です」

「……マジか。特級って、マジか……」

少女の言葉を聞いてヒロが驚き、言葉に詰まっているが、それは仕方のないことだ。

特級……それは冒険者の間でも特別なものだから。

俺たち冒険者の覚醒度合いには階級がある。才能と言い換えても良い。下は三級で上は一級まで。それが基本だ。

だが、中にはそんな基本を打ち破ってさらに上へと突き抜けている奴らがいる。それが特級。

特級は少ないと言われている冒険者の中でもさらに少ない。全体の一％に満たないだろう。そんな一握りの天才達。

正確には特級の中でも特一級だとか特二級だとかあるし、中には『勇者』だなんて称号を与えられる奴もいるのだが、それは冒険者として活動してからの功績で決まるので今の学生の彼女にはつかないでただの特級だ。

だが、そうだとしてもこの目の前にいる少女が世界に一握りしかいない天才の一人だと言う事実は変わらない。

それに、彼女以外の仲間もかなりのものだ。特級には及ばないものの、一級というのもかなりの才能だ。

三級と一級を比べればその差は天と地ほどにある。乗り物で速さを競うなら自転車とスーパーカーくらい違う。なお、特級はジェット機だ。もはや勝負するどころの話じゃない。

「俺たち三級しかいないけど、それでも構わないのかな？」

ただ、そんな一級と特級のめちゃすごチームの彼女達だが、生憎と俺たちは全員三級だ。普通なら同じチームには入れない。

「はい」

だがそれでも少女は頷いた。

「あー、つまり本当に数合わせの一人が欲しいだけ。後は最低限自分の身さえ守れれば問題ない？」

「えっと……はい」

わかっていたことだが、俺たちに求めているのは協力じゃなくて数合わせ。

それをはっきり言うのが失礼だと思ったからか、少女は少し申し訳なさそうにして頷いた。

「……見たところ、君たちは一年生だろ？　ならダンジョンに潜るのは初めてなんじゃないのかな？」

「はい。なので準備に時間をかけていたのですが、その間にもう一人の子が……」

「そうか……」

ん？　どうした？

少女の話を聞いていたヒロが、突然後ろを振り返って俺たちを見た。や、俺たちを、と言うか、俺をか？　目があったし。

かと思ったら、今度はヒロは自分の隣にいた仲間、町田安彦――通称ヤスへと何事かを耳打ちし、ヤスは驚いた様子で目を見開くと俺の方を見た。

そして何かに納得したように頷くとヒロから何かを受け取り、トイレに行ってくると言ってその場を離れていった。

明らかにトイレではないが……なんなんだ？

まあ、ヒロの指示なんだし、この少女達にとって不都合なことではないだろう。多分知り合いを探すとか組合職員に話をしてくるとかそんなところか？

「なら、ちょうどいい」

「え？」

「君たちに助っ人を出すのは構わないよ」

「本当ですか⁉」

やっぱり助けるのか、まあそうだろうなとは思ったけど。

だがそうなると、誰を出すんだ？　全員で行くのか？　……ないな。俺たちは良いけど仲間の一人であるケイ——岡崎圭は、もう今日は戦える状況ではない。怪我をしていると言うわけではないんだが、魔法を使うためのエネルギーである魔力がもう空になっている。

それに、彼女たちのチームに四人入るとなると大人の男四人に少女三人と言う編成になる。

これが親しい仲なら良いが、俺たちはあったばかり。自分たちよりも大人の男が多くなると言う状況は少女達としては不安を感じるだろう。

実際には特級がいるんだったら三級程度どうとでもなるのだが、気持ちの問題はまた別だ。

となると彼女達のチーム編成からして必要なのは後衛。俺たちの中だと俺かケイなのだが、ケイはさっきの理由でなし。そもそも彼女達の中にはケイと同じ治癒師がいる。

ってことは……俺か。

だからさっきヒロは俺の事を見たのか？

……はぁ。まあ見捨てるのは嫌だったし仕方がな――

「ああ。ただし、条件がある」

ん？　条件？

なんだ？　ヒロがこんな子達相手にそんなことを言うのは珍しいな。成人誌的な、『ぐへへ……』な展開にはしないだろうけど……

「条件ですか？　いったいどんな……」

「あー、不安にさせたなら悪いけどそんな難しいことじゃない。助っ人を出す代わりに、そいつを三ヶ月の間雇(やと)ってくれないかってことだ」

……は？　え？　助っ人に行ったやつを雇うってのはつまり……俺をか？　え、なんで？

どうしてそうなるのかまるで訳がわからない。が、わからないまま話は進んでいく。

「え？　……雇う、ですか？　その助っ人の人を？」

「そう。まあ雇うとは言ったが交換条件だと思ってくれればいい。冒険者の才に目覚めたら五年間はダンジョンに潜らないといけないって規則は知ってるだろ？　俺たちは、その勤めを終わらせるため〝だけ〟にダンジョンに潜ってるんだが……後一人、その勤めが残ってる奴がいるんだ。それが残り三ヶ月。だからそいつの勤めが終わるまで一緒にダンジョンに潜ってノルマをこなしてくれるなら、俺たちとしては助っ人を出すのも構わない」

「三ヶ月ですか……」

つまりヒロは俺をこの少女達のチームに入れてお勤めを終わらせようとしているってことか。

でも、なんでだ？　そんなことをしなくても、この子達への協力はこの場限りで後は普通にいつも通り俺たちだけで潜ってりゃあいいんじゃねえのか？

そりゃあ俺たちの中でお勤めが残ってるのは俺だけだし、俺だって他の三人に迷惑かけてる自覚はあるけどさ……

「君たちにもいい提案だと思うよ？　今回のことだけじゃない。俺たちの階級は低いけど、これでも五年近くダンジョンで生き残ってきたんだ。君達みたいな初心者としてはダンジョンでの知識をつけるために『生きた知恵』があった方がいいと思うんだけど、どうかな？」

「……ちょっとみんなと話してもいいですか？」

「ああ。もちろん」

ヒロの話が終わると少女は同じチームメンバーである少女達の方へと振り返って話し始めた。

だが話があるのは少女達だけではなく俺達もだ。正確には俺が話がある。

「おいちょっと待て。ヒロ、それ、俺のことだろ？　何勝手に決めてんだよ」

「いや、でもよ。よく考えてみ？　あっちは一級の冒険者。こっちは三級の年寄り。どっちがいいかなんて明白だろ？」

そんなヒロの言葉は客観的に見れば納得できるものだが、俺からすれば納得できない。

「まあそうだよな。俺たちの中で『お勤め』が残ってんのはお前だけだし、あっちに入った方が生き残る確率高いだろ。よっぽどバカやんねえ限り少なくともモンスター相手に死ぬ事はそうそうねえぞ？」

そんなヒロの意見にその場に残っていたもう一人の仲間であるケイが賛同した。

こいつらの言っていることはわかる。わかるさ。確かにその通りだろう。

だが、問題がないわけでもないのだ。

第一に、信頼できるかどうかもわからない相手とダンジョンに潜りたくないという真っ当な、常識とも言える理由。

まあ、今の少女の態度を見た感じだと問題がありそうってわけでもないが、他の仲間はわからない。それに、今の話しかけてきた少女だってその『裏』はわからない。

そして第二に……

「お前らには友情はねえのか！　俺にあんなキャピキャピした中に入れって言うのかよ⁉」

「キャピキャピとか（笑）……今時使わないだろ」

「仕方ねえだろ、センスも歳もおっさんなんだから！」

それが理由だ。俺みたいな三十過ぎのおっさんがこんな女子高生の輪の中に入れると思ってんのかって話だ。

うん、無理。まず無理だな。仲良くなれる予感がしない。

「あの……」

しかしそんな俺の反論は取り合われず、こっちで話している間に少女達の話し合いは終わったようで先程の少女が再び声をかけてきた。

「ああ、決まったかな？」

「はい。それで、よろしくお願いします」

「ヒロさん。これ、もう終わらせといたぞ」

「おっ、思ったより早かったな」

ヒロに何かを言われて何処かへと行っていたヤスが戻ってきた。やっぱりトイレに行ったわけじゃなかったか。

だが、なんだ？　その手には何か紙が握られていた。

「じゃあこれ。必要な事は書いておいたから、後はそっちの情報を書いて受付に出せばオーケーだ」

その言葉で俺はヒロが何を頼み、ヤスが何を持ってきたのか察した。どうやらヤスはチーム加入申請の書類を持って来たようだ。しかも俺の情報を書き込んだものを。

「おいっ！　俺が入るのは確定なのか⁉」

「そうだよ」

「そーだよ」

「と言うか、もう解散申請したし、入らないとお前ソロでやることになるぞ？」

「はあっ⁉　こんな時ばっかり早くなくていいんだよ！　もっとゆっくりしろや年寄り！」

チーム加入申請の紙を持ってくるだけにしては時間がかかったと思ったが、まさかもうチーム解散を済ませていただと⁉

役所仕事なんて無駄に時間がかかるくせにこんな時ばかり早いのはなんでだよ！

それにヤス！　お前だって普段はだらだら動いてるくせに、なんでこんな時だけ手際がいいんだ！

「覚悟を決めろ。もうお前は後には退けねえんだ」

「後に退けなくしたのはてめえらだろうがっ！」

宥めるような煽るようなヒロの言葉に俺は叫びを返すが、これは仕方がないだろう。

そのことで周りからの視線を集めているが、言わずにはいられなかった。

「あの、本当にいいんでしょうか？」

「ん？　おー、君は優しい子だね。いいのいいの。こいつのためってのは本当だから。君たちの人間性についてはわからないけど、少なくとも力だけなら俺たちといるよりも断然生き残る率が高い。利用する形になって悪いけど、そう言うわけだからあいつを三ヶ月の間よろしく。その間は君たちもあいつを利用していいからさ」

「はい」

その後は受付の前で騒いでいたら迷惑になるので……もうすでに迷惑になっている気もするが、まあともかく俺たちは歓談スペースへと移動した。

そして移動してもなお憤っている俺をヤスとケイが宥め、ヒロは少女達と何事か話しながら紙に記入して手続きを進めていった。

途中で俺も名前の記入を求められ、渋々ながらも名前を書いてチームの加入に同意した。

「あの……」

「ああ?」

「よろしくお願いします!」

「……はぁ。……ああ、よろしく」

少女が俺にそう挨拶をしてきたので俺も一応挨拶を返したが、思わずため息を吐いてしまった。

これが仕方のないことだってのは分かってる。だからこそさっき俺は本気で抵抗しなかったわけだし。

だが、感情と理屈は別物だ。

分かってはいるのだが、どうしても仲間から見捨てられたような気分になってしまう。

もちろんそんなことはなく、むしろあいつらは俺のことを考えてくれたからこうして無理にでもこの少女達のチームに入れようとしたのだ。

後三ヶ月とはいえ、若者に比べて動きの鈍い自分たちよりも、才能あふれるこの子達と一緒にした方が俺の生存率が高い。

それは分かってるんだけどおおお…………………はあぁぁぁ。

俺がため息を吐いたのを見てか、ヒロはニヤリと笑った。

「おっし、じゃあお勤めは終わったし、しばらくはゆっくり休むとすっか！」

「今までお疲れっしたー」

「かいさーん」

「ちょっ、待てや！」

「やだよ。こちとら朝帰りで疲れてんだ」

「はは、朝帰りっつっても、嬉しくないやつだけどな」

「じゃあヒロ、あんたは女となら朝帰りしてもいいのか？」

「あー、それもなしだなぁ。嫁に殺される」

そうして俺のチームメンバー……いや、〝元〟チームメンバー達は俺の制止の声を無視して談笑しながら組合の建物を出て去っていった。

……あいつらは、本当に俺のことを考えてくれていたのだろうか？

っつーか朝帰りだってんなら俺も同じだこのやろう！

「くそっ、あの薄情者どもっ……！」

「えっと、それじゃあまずは自己紹介をしませんか？　私は宮野瑞樹。剣士の特級です」

「浅田佳奈。役割は戦士の一級。使う武器は大槌」

「わ、私は北原柚子です。治癒師の一級で、みんなの治癒を、その、しています。よろしく、お願いします」

元チームメンバーの背中を見ながら悪態をついていると、少女達が俺に話しかけ、自己紹介を始めた。

……はぁ、いつまでも駄々をこねてる訳にはいかないか。もうどうしようもないんだし、これ以上はみっともない。すでに醜態を晒した気もするけど、そこは気にしないでいこう。

「……不本意ながら仲間に売られて加入することとなった伊上浩介だ。分類は魔法使いだが実際の役割は遊撃。……三級だ」

「ふん、何よ三級のくせに不本意ながら～、って。それに遊撃？　そんな役割があんたなんかにできるの？」

俺が自己紹介をすると、浅田と名乗ったさっき受付で騒いでいた少女が不満そうな態度を隠すことなくそう言った。

まあ、こいつらの階級を考えればそう言いたくなるのもわからないでもないのだが……

「……はぁ。やっぱり失敗だったかもな」

「何よ。なんか文句でもあるわけ？」

思わずため息を吐いてしまった俺の態度が頭にきたのか、浅田は眉を寄せ、怒りを声に乗せて突っかかってきた。

だが俺は、それに対して俺が先程ため息を吐き出してしまった理由を丁寧に教えてやることにした。

「遊撃ができるか、って言ったな？　バカかよ。できるから生きてこられてんだ。ダンジョンに入ったこともないようだから言っておくが、あそこじゃあ役割を果たせなかった奴がいれば全滅する。嫌々ながらやってきたが、それでも五年近くあのクソみたいな場所で生き残ってきたんだ。冒険者としての信頼性は、一級でも何もなしていないお前より、三級で何年も生き残ってきた俺の方が高い。それを頭に入れておけ、新人」

そこまで言うと何も言えないようで、浅田は……いや、彼女だけではなく他の二人も黙り込んでしまった。

黙ったのでちょうどいいと、改めて少女達の姿を確認していく。

まず三人の着ている服装だが、これは学校の制服だな。チェックのスカートにブラウス。そこまでは普通なんだが、そっからがちょっと違う。

簡素な造りをした金属の胸当てをつけ、更にその上からお話に出てくるようなかっこいい感じの、少し普通の女子高生とは違うファンタジー色の強いコートを羽織っている。

まあ制服に関して言えば初見ってわけでもない。だって俺も同じ学校に通ってたし。だ

から男女の違いはあっても目新しさというものはないな。それでも改めて見ると、やっぱり他の一般の学校に比べると目立つ制服ではあるな、とは思う。

あとはそれぞれ腰や手に武器を持っているのも普通とは違う点だな。

だが、それ以外は普通の女の子だ。俺みたいな……自分で言うのもなんだが目の死んでるおっさんとは違う、至って普通の女の子。

宮野と名乗った最初に話しかけてきたリーダー的な少女は、黒く艶やかでわずかにウェーブのかかった長髪を後頭部でひとまとめにし、歳のためか肌もきめ細かく傷一つない。

長い髪をまとめていることから、最低限の動き回る準備なんかはできているんだろうけど、そもそも髪が長いって時点でどうなんだと思わざるを得ない。何せ戦いの中では髪が長いというのは不利として数えられるから。

確かに髪が長いことで利点もある。

それは、髪には魔力を溜められるってことだ。髪が長ければその分だけ魔力の貯蓄量が増えるので、冒険者であっても髪を伸ばしている奴はいる。実際俺も男にしては長く伸ばして縛ってるしな。

だが、それは後衛に限った話だ。

同じ覚醒者——冒険者とは言っても、前衛と後衛では全く違う。

後衛は体内の魔力を使って魔法を使うことができるが、前衛は魔力を使って魔法を放つことができないのだ。ただ単純に身体能力が高いだけ。

それは身体能力を強化する魔法を自動的に使っている状態なので全く魔法が使えないとも言えないわけだが、魔力を操ったりどこかに溜めたりすることはできない。それが前衛だ。

つまり、魔力を使うことのできない前衛は髪を伸ばす必要はないのだが、この子は剣士だと名乗ったにもかかわらず髪を伸ばしている。

ってことはだ、髪を伸ばしているのは単なるファッションであるってことだ。

まあ、特級という力を考えればその程度はどうにでもなるような些細なものなのかもしれないな。

んで、次は浅田という少女だが、こっちはさっきの宮野に比べて背が高く、ガタイもいい。……女の子にガタイっていうのはどうなんだ？

まあとにかく前衛系の体格をしている。

髪は染められており、金茶色になっているが、こっちは宮野とは違って短めの髪だ。

後は……特になし。強いていうなら勝ち気な瞳をしており、俺としちゃあ相手をするのがめんどくさそうってくらいだな。実際さっきも受付で文句言ってたし、物事をズバズバ言うタイプなんじゃないだろうか？

最後はつっかえながら自己紹介をした北原って名前の地味目で大人しげな少女。

黒く長い髪を分けて両サイドから前に流していて、あまり飾りもつけていなくてやっぱり全体的に地味目な感じがする。先ほどの浅田と比べるとより一層大人しさが際立つ感じだな。

強いて特徴をあげるとすれば胸か？　なんとなく違和感があるなと思ったんだが、どうにも鎧のサイズがあってないっぽい気がする。鎧が小さいって意味で。

……ダメだ。おっさん臭いがどうしてもそっちに目がいく。

ま、まあ他に何か言うのなら、さっきも言ったがこの子も髪が長いってことだな。だがこっちは宮野に比べて特におかしいわけではない。何せ治癒師――魔法使い系なのだから、長く伸ばして縛っている髪は、魔力のタンクって意味ではしっかりその役割を果たすだろうからな。

ここに後一人今日は休んでる子が入るんだろうけど、その子は弓兵か斥候、もしくは魔法使いだろうな。しかも多分その子も一級だろうな。流石に特級はないと思う。

ま、全体的にはそれくらいか。四人目次第だけど、一応前衛と治癒師がいるんだからバランスは取れていると言えなくもない。

これでここにいる三人が前衛だったら、いくらなんでも俺だってチームに入るようなことはしなかった。俺はもう何年もやってきている上に装備関係の工房にコネがあるため、俺の方が装備は整っているが、流石にそれだけでやっていけるだなんて思い上がれるほどの力はないからな。前衛三人だなんて偏ったチームに入ったら死ぬことになるだろう。だから、この子達のチームがバランスが整っていて良かった。

さて、この子達の確認はこんなもんでいいか。あまり乗り気はしないが、さっさと話を進めよう。

「それで、どこに潜るつもりだったんだ？」

「え？」

とりあえずここで固まっていても仕方がないので話を進めることにしたのだが、少女――宮野は不思議そうな表情で首を傾げた。

「ダンジョンだよ。行くつもりだったんだろ？　そのために準備したんじゃないのか？」

「あ、はい。ですが、伊上さん、は大丈夫ですか？　ダンジョンから戻ってきたばかりのようですし、別の場所に潜るとなると装備も変わるんじゃ……」

「大丈夫だ。初心者が選ぶ程度のダンジョンなら合わせられる」

確かに今の俺は泊まりがけでダンジョンに潜っていたせいで疲れているし眠いし、道具なんかも万全ではなく消費してしまっている。

だが、初めてダンジョンに潜る少女達についていく程度ならなんの問題もない。むしろ道具類に関しては持ちすぎているとも言えるほどだ。

「ふんっ、そんな調子にのってるだけの実力があるのかしらね」

「問題ねえよ」

俺とこの子達を階級だけで判断するのなら向こうのほうが格上だが、実戦となれば負ける気はしない。いや直接戦闘の話じゃなくてダンジョンでの貢献度の話な？　正面切って正々堂々戦ったらそりゃあ負けるさ。階級ってのはそれくらいに無慈悲なもんだ。

「それじゃあ、目的はここなんですけど、大丈夫ですか？」

俺の言葉に納得したのか宮野は冒険者用の耐熱耐水耐衝撃の加工が施されている特別仕様のスマホを取り出してそれを操作するとその画面を俺に見せた。

だが、俺はその画面を見て思わず眉を顰めてしまう。

「小鬼の穴？　……お前ら初めてのダンジョンなんだよな？」

「はい。……何か問題でもありましたか？」

「小鬼——ゴブリンってのは醜悪な姿をした人型のモンスターで、その知能は人間でいう四歳くらいの知能を持ってる」

四歳くらいの人間の子供と言ったら侮るものが多いのだが、実際にはそんなに油断できるほど簡単な相手じゃない。

子供ってのは意外と残酷で、遊びであっても罠を張ったり騙し討ちなんかをしたりする。

鬼ごっこやかくれんぼを思い出してもらえればわかるだろう。

鬼ごっこでは物陰に隠れて見つからないように移動して敵を背後から狙うし、隠れるのだって大人の常識からすればありえないところに隠れたりする。

小鬼の穴は、そんな人間の子供達と同じような知能を持つゴブリン達が暮らしている洞窟だ。

考えてみて欲しい。そんなもの達が悪意と害意と殺意を抱いて凶器を手に襲いかかってくるのだ。危険でないわけがない。

ファンタジーを知っている戦ったことのない一般人ならゴブリンと聞くだけで侮るかもしれないが、とんでもない。初心者の一割くらいはこいつらにやられて死ぬのだ。学校や組合でその怖さを教えているはずなのだが、いかんせん名前からイメージが先行して侮ってしまうのだろう。

それに加えてもう一つ、初心者にとってはかなり厄介な点があるのだが……この少女達はそれを理解しているのだろうか？

「知ってるわよそんなの。何？　自分の知識を自慢（じまん）したいわけ？」

「……わかってるならいい。話を止めて悪かったな」

浅田は俺の言葉にそう反論したが、俺の言った言葉の意味が本当に分かっているんだろうか？　詳（くわ）しく聞いた方が……いや、やめておくか。

俺はあくまでも臨時で入ったにすぎない。そんな俺があれこれ口出しをすれば、あまりいい空気になるとは思えないからな。

準備してるって言ったし、大丈夫だろ。大丈夫じゃなくても、問題が起きるとしたら入り口付近だろうし、まあ、三人くらいなら連れて逃（に）げられるはずだ。

「えっと、それじゃあダンジョンに向かうけど、みんな大丈夫？」

宮野のその言葉に俺を含（ふく）め他のメンバーも頷（うなず）き、組合の建物を出てダンジョン入口であるゲートのある場所へと移動し始めた。

「…………それじゃあ、行くわ」

そして一時間ほどバスに乗って目的の場所へとついた俺たちは、ゲートの前に建っていた管理所で手続きをし、目的のゲートの前に立っていた。

「ええ」

「は、はいっ」

宮野の言葉に浅田と北原が返事をした。怖気づいたりはしていないようだ。

「……」

だが、何だろうな。さっきから違和感を感じる気がする。こういう違和感ってのは俺の経験上は何かある時なんだが、その正体がうまく掴めない。

けど多分だが、これは視線か？　誰かに見られているような、そんな感覚が……。

「？　あの……」

なんて考えていると少女たちのリーダーである宮野に心配そうに声をかけられた。

「ああ、悪い。普段とかけられた声が違ったんでつい、な。了解だ」

気になることではあるが、危険ってわけでもなさそうだし、一応警戒はしておくが今は無視して進むとするか。

そうして少女達学生メンバーは初めての、俺は何度目になるかわからないが、とりあえず今日二回目のダンジョンへと潜って行った。

「ここがダンジョン……」

「……思ってたよりも普通ね。まあ、普通の洞窟も見たことなんてないけど」

「く、暗いですね……」

ゲートをこえてダンジョンの中へと入ると、そこは先ほどまでいた空間とはまるっきり別物へと変わっていた。

空気はジメッとしており、周りを囲われているから音が響く。そして何よりも、暗い。俺が予め持っていたライトがなかったら真っ暗で何も見えなかっただろう。

ダンジョンとは、ダンジョンに入る前から覚悟を決めて準備をしなくてはならないのだが、この辺りの対処がまだまだなのは、初心者ゆえに仕方がないってところだな。

「柚子、灯りをお願い」

「う、うん」

後衛である地味系少女の北原に灯りを任せると、宮野は一瞬俺の方を向いてから再び前を向いた。

「……行くわ。気をつけてね」

初心者とは言えここが既に敵地だと言うことは理解しているのか、それとも緊張からうまく話せないのかはわからないが、宮野はそれまでとは違って声を小さくしてそう言うと、進み出した。

「っ！　いたっ！」

そうして敵を警戒しながらゆっくりとした足取りで数分進んでいると、先頭を進んでいた宮野が小さいながらも驚きの声を上げた。

おそらくは敵――ゴブリンを見つけたのだろう。

「どうするの？」

「じゃあ――あ。……えっと、伊上さんはどうしますか？」

「ん？　ああ、俺は待ってるよ。元々数合わせだし、そっちの動きを見てからじゃないと何もできない。どう合わせればいいのかわからないからな。まあ、適当にそっちに合わせて参加するから、好きに動いてくれ」

「わかりました。――じゃあ、予定通り私が引き付けて佳奈が倒して、柚子は警戒でいきましょう」

宮野の言葉に残りの二人は黙ってうなずくと、緊張した様子でそれぞれの武器を構えた。

そして、宮野がハンドサインで合図を出すと、それに合わせて前衛の二人――宮野と浅田が走り出した。

「さて、お手並み拝見ってか」

俺がそう呟いている間にも二人はゴブリンへと接近し、既に剣が届く距離まで近づいていた。ゴブリン側からすれば突然現れたように感じたことだろう。

暗い中でもあれだけの速さで動けるのはさすが一級と特級って感じだな。

身体能力は俺みたいな三級とは比べ物にならないか。

とは言っても俺の適性は魔法系なので、前衛と比べるのは間違っている。だがそれを抜きにして、もし俺が前衛だったとしても、あれだけの動きはできないだろうな。

そもそも俺はここからゴブリンの姿が見えない。いること自体はわかるのだが、直接見ることはできないのだ。

二人が見えているのは夜目が利くからだろうが、そういったところでも性能の差がはっきりとわかる。

これが階級の差、才能の差って奴だ。まったくもって羨ましい。俺も特級とは言わないが、一級の才能があればもう少しまともに冒険者をやっていたかもしれない。

やっぱり才能なんてもんはクソだな。

そうこうしている内に二人はゴブリンの集団を倒した……殺したようで、こっちに合図を出してきた。

今のところは順調か。

まあ、問題があるのはここからだが……さて、どうなるかな？　できることならなんの問題もなく終わって欲しいんだが……。

「余裕だったわね」

「これくらいならどうってことないって。あんなおっさんが出てくるまでもないでしょ」

初の戦闘を終えて気が緩んだのか、前衛二人は声を潜めることなく話していた。

「ふ、二人ともお疲れ、さま。怪我とかは――ひっ」

そんな二人に俺と北原は近づいていったのだが、二人の姿がはっきりと見える段階になるとそれまで宮野と浅田を気づかっていた北原が小さく悲鳴を上げた。

「柚子？　どうしたの？」

「あ、ああ……それ……」

そして北原は二人へと震える指をさしながら数歩ほどよたよたとおぼつかない足取りで後ずさりすると、どさりと地面に座り込んでしまった。

二人は咄嗟に後ろを振り向くが、そこには何も〝いない〟。

だが、何も〝ない〟わけじゃあない。

しかしそのことに宮野と浅田の二人は気づけないでいる。

それ故に、二人は北原が何を見てこんな風になってしまったのかも分からない。

そんな三人を見て俺は、やっぱりか、と思いながらため息を吐き出す。

すると二人は俺のことを見たが、俺はそんな二人に構わずにライトを持って前へと進んでいく。

「だから言っただろ。ゴブリンは『人型』をしてるって。戦ってる時は良くても、こうして落ち着いて灯りで照らしてしまえば人の死体と変わらない。お前らは人を殺したことがあるのかって話だ」

「人を、殺す……？」

「そうだ。ゴブリンはモンスターに分類されるが……まあこれも言ったと思うが子供程度の知能はある。子供であっても知能があり、生き物である以上は、親がいて、兄弟がいて、子供がいて、仲間がいて、生活してるんだ。お前達はそれを殺した。それは人を殺すのとなんら変わらない」

そして持っていたライトで、先ほど宮野と浅田が殺したゴブリンの死体を照らした。

「――――ぅあ」

俺の言った言葉の意味を理解したのだろう。宮野はライトで照らされたゴブリンの死体を見て体を固まらせ、その場に蹲み込んで吐いてしまった。

そしてそれは宮野だけではなく、後ろで地面に座り込んでいた北原も同じだった。

その光景を見て、俺はもう一度ため息を吐き出したが……まあ、やっぱりこうなったか。

「あんた、何のつもりよ！　そんなにあたしたちと行動するのが嫌なの!?　こんな風に追い詰めて楽しい!?」

そんなため息を吐き出した俺の態度と先ほどの言葉が気に食わなかったのか、浅田は自身も顔色を悪くしていたにもかかわらず、俺の胸ぐらを掴んで大きな声で叫んだ。

それは仲間を思っての行動なのだろうが、もしかしたらその行為は俺へと怒りを向けることで気分の悪さを誤魔化すためのものなのかもしれないな。まあ、どっちでもいいことだが。

「馬鹿言え。どれほど不本意でも、一度受けた以上は仕事はきっちりこなすさ」

「なら何であんな――」

「それが必要なことだからだよ」

そう。これは必要なことだ。

側から見れば単に悪意をぶつけているようにしか見えないかもしれない。だが、これは今後この少女達が冒険者としてやっていくのに必要なことなのだ。

「このダンジョンは小鬼の穴。つまりはゴブリンの巣だ。出てくるのも当然ゴブリンで、その戦闘中にこんな状態になってみろ――死ぬぞ」

いちいち敵を殺すたびに吐いているようじゃあ話にならない。そんな状態でダンジョンに来ようものなら、自分だけじゃなくて仲間を巻き込んで死ぬことになる。

「辛いのはわかってるさ。だが、最初に自覚しておいてもらわないと、ここにいる全員が死ぬんだよ。だから最初は無理やりにでも自覚させる必要がある。お前達は『生き物を殺したんだ』ってな」

俺の言葉が納得できるものだったからか、俺に掴みかかっている浅田は俺を睨みながらもその手にこめていた力を緩めた。

「本来なら人型じゃなくてもっと違うところから始めるべきだったんだが……やっぱり止めるべきだったな」

俺はこの子達と深く関わるつもりなんてない。――が、だからと言って女の子が泣いたり吐いたりする姿を積極的に見たいってわけでもない。

むしろ、どちらかと言うと見たくない。見ればこっちも嫌な気分になるのは分かってるんだから。

ダンジョンに入る前に不安に思ったんだから聞いておけばよかった。あの時はあの判断が正しいと思ったのだが、今更そう思った。

……にしても、これからどうすっかなぁ。

さっきの大声を聞いてた奴はいるだろうし、そいつらはまず間違いなくここに来る。

だが、今の状態のこの子達じゃあまともに戦うことはできないだろう。

……仕方がない。ここは一度退がるしかないか。

た。

「――ごめんなさい」

「大丈夫？　もう少し休んでた方がいいんじゃない？」

「ありがとう。でも、大丈夫だから」

俺たちがいたのはまだ入り口付近だったこともあり、一旦（いったん）ダンジョンの外へと逃げてきた。

ふらつきながらもなんとか立ち上がって戻ってきた宮野と北原だが、北原はゲートの外に出てくるなりすぐにしゃがみ込んでしまった。

宮野は北原のようにしゃがみ込んでしまうことはなかったが、それでも北原のことを気（き）遣（づか）う余裕がないくらいには消耗していた。

それからは近くの休憩室（きゅうけいしつ）を借りて休んでいたのだが、二時間ほど経（た）ち、俺たちは少し早いが昼食をとっていた。

まあ昼食といってもカロリーバーを食べているだけだ。元々ダンジョンの中で食べるつもりだったみたいだし、今は肉やなんかは食いたくないだろうからな。

そうしてつまらない昼食を終えると、ひとまず会話をすることができる程度には心の整理をつけることができたようで、宮野は謝罪を口にしながら顔をあげた。

「……もう一度『人』を殺せるか？」

聞かれたくないだろうけど、これは聞いておかないといけない。もしこのまま覚悟ができない状態でもう一度ダンジョンに潜るってんなら止めないといけないし、俺の今後のチーム活動にも関わってくる。

だがこの様子を見る限りだと……。

「あんたその言い方は――」

「はい。次は問題なく」

そう言った宮野は真っ直ぐに俺のことを見据えており、その瞳に陰りはなかった。

「…………はぁ、これも才能の差かねぇ。本当、嫌になるよ」

そんな宮野と……十秒ほどか？　見つめあっていたのだが、視線を逸らしたのは俺だった。

「何よ。立ち直ったのがそんなに嫌なの？」

「あ？　違えよ。俺は最初に犬のモンスターを殺した時に二日は立ち直れなかった。だっつーのにこんな短時間でそんな『目』ができるようになってんだからすげえって言ってんだよ」

俺が最初にダンジョンに潜った時は、一応ダンジョンについて勉強はしたがこの子達みたいにまともに学校に通ったわけじゃない。

いやまあ、とりあえず、一応は冒険者育成のための学校に通ったんだが、まともに学んだかと言われると微妙だ。

それはともかくとして、そんなわけでまともに学んだとは言えない俺は最初のダンジョンに潜るときになんの覚悟もできていなかった。

組合の紹介で入ったヒロ達とは違うチームで行ったダンジョンで、俺は襲いかかってきた犬型のモンスターを倒した時に吐いてしまった。

俺を殺そうとして殺意を向けられた。

間近に迫ってきたときに敵の息が顔にかかった。

生き物を斬った感触が手に残った。

殺した相手の瞳が俺を見ていた。

そう言った諸々による不快感に堪えることができず、結局その日から二日はまともに生活することができずに部屋に引きこもっていた。

大人である俺でさえそれだ。

だと言うのに、俺からすればまだ子供と言ってもいい女の子が、覚悟を決めて前を向いたんだ。『すごい』以外の言葉がない。

「それで、そっちのはどうするんだ？」

こいつはもう大丈夫だ。後で思い出して泣いたり不快感を感じたりってのはあるかもしれないが、少なくとも〝折れる〟ことはない。

そう判断して宮野から視線を外すと、今度は宮野の隣にいた北原へと声をかけた。

だが、俺が声をかけると北原はビクッと怯えるように体を震わせた。

……こっちはまだ無理そうだな。

だが俺はそれを責めることはしない。それは普通の反応だし、そもそも俺だってそうだったのだから何かを言うつもりはない。

「大丈夫。私が守るから」

「そうそう。あたしたちが柚子を傷つけさせないからさ」

だが、仕方がないと見切りをつけた俺とは違って、宮野と浅田は北原柚子という少女に笑いかけ、手を伸ばす。

「わ、私は……」

北原は震える手を伸ばして二人に応えようとしたが、その手は途中で止まって再び引っ込められてしまう。

「いいのか？」

「え？」

気づけば勝手に言葉が出ていた。

どうしてだ？　俺はこいつらに深く関わる気はなかったはずだ。ダンジョンを失敗したとしても、最低限生きていればそれでいいと思っていた。

一応俺の『お勤め』のためにダンジョンに潜ってほしかったが、それだって今月分のノルマは終わってるんだから後二週間……最長で一ヶ月はダンジョンに潜らなくてもよかった。北原の心の問題も、その間になんとか片がつけばいいと思っていた。

だから、俺がこの場で何かを言う必要はない。そのはずだったのに……だというのに俺は、俺自身の意思に反して声をかけていた。

「……お前が立たないと、みんな死ぬぞ？　回復役はダンジョンの攻略（こうりゃく）において必須（ひっす）だ。それはいくら特級でも変わらない」

声をかけた理由は自分でもわからないが、それでも声を出してしまった以上は何かを言わないとだよな。

「能力はそいつの性質によって発現するものが変わるって言うが、お前は誰かを助けたいと願ったんじゃないのか？　だから仲間を癒（いや）す力に目覚めた。ここで蹲（うずくま）ってるようじゃ、お前は誰も助けられずに、大事な友達を見殺しにすることになるぞ。それでいいのか？」

「…………よく、ない」

「そうか。で？　どうする？　そこで蹲って泣いてるだけでいいのか？　立たなくてもいいのか？」

「違う。わ、私は……私もっ……！」

北原は唇を噛み締めると、震えていた手を伸ばして二人の手を掴んだ。

「ご、ごめんね。私も、私も役に立つから。みんなを助けるから。だから、大丈夫」

まだその瞳の奥には怯えが見える。だが、それは一般人としては当然で、それでも諦めないのだと立ち上がったことは『すごい』ことだ。

「お前は……まあいいか」

「何よ」

「何でもねえよ」

唯一蹲み込んだりしないで友達二人を慰めたり気を遣っていた浅田に視線を向けたが、こいつには俺から言うことなんて何もない。

こいつの場合は俺が聞くよりも、後で仲間と話をした方がいいだろ。今んところは耐えられるみたいだしな。

……しかしまあ、どいつもこいつも『すごい奴』で困るな。ただの階級だけじゃない。

それぞれがそれぞれのすごいところを持ってる。

宮野と北原、立ち直った二人だけじゃない、浅田もそうだ。

怖がっていても友達のために耐えられるってこと自体、『すごい』ことだ。

北原なんかはこの場の雰囲気に流されているだけかもしれないが、そもそも立ち上がることのできる強さを持っていない奴は流されても立ち上がることなんてできない。

だから立ち上がることのできたそれはすごいことなんだが……はあ。

これが才能って奴だ。持ってる奴はなんでも持ってる。これじゃあ、俺のしょぼさを見せつけられてるみたいだな。

まあ、今更言ったところでどうにかなるわけでもないし、もう五年近くやってきたんだ。

仕方がないと割り切るしかない。

「で、どうする？　退くか進むか……」

「進みましょう」

宮野の言葉に他の二人も頷き、俺たちはもう一度ダンジョンの中に入っていくことになった。

そしてダンジョンに入っていった俺たちは一度目と同じように進み、一度目の時に倒したゴブリンの死体の場所を越えると、その後は何度かゴブリンに遭遇し戦闘をした。

宮野も北原も顔を顰めているが、それでも吐いたりしゃがみ込んだりはしない。多少の泣き言というか不満は呟いているが、言ってしまえばその程度だ。

「問題ない、みたいだな」

「あ、あの……」

「ん？　ああ、何だ？」

「えっと、その……」

しばらく戦闘を見ながらダンジョンを進んでいたのだが、一時間ほど進んだあたりになって、俺の隣で待機していた北原が小さく戸惑いがちに声をかけてきた。

「言いたい事ははっきり言ってくれて構わない。こんな場所じゃ、そうやって戸惑って言わないってのも害になるからな」

「あう。す、すみません……」

「あんた何柚子をいじめてんのよ！」

俺としては真っ当な意見を言っただけなのだが、北原は縮こまってしまった。

それを見ていたのか聞いていたのか、それまで前衛として戦っていた浅田が俺を睨みながら戻ってきた。

確かにさっきの言葉には多少は苛立ちが混じったかもしれない。

らな。

だが、俺は決していじめなどしていないし、いじめをする気もない。ダンジョン内や同じチーム内でそんなことをしたところで、自分の首を絞めるだけだからな。

「話がありそうだったから聞いただけだ。いじめなんてするかよ」

「話？　はんっ、そんなのわかりきってるでしょ。あんたも戦えってことよ！　さっきから後ろで私たちのことを見てばっかでぼそぼそ呟いて。文句があんならあんたが戦いなさいよ！」

別に文句があるわけじゃないんだがな……。

呟いていたのは確かだが、それはこいつらの能力の分析をしていただけだ。

「佳奈。そこまでよ」

と、そこで浅田と同じく前衛として戦っていた宮野も戻ってきて浅田を制止した。

しかし、それだけでは終わらなかった。

「えっと、伊上さん。佳奈の言い方は悪いですけど、できれば力を見せてもらえませんか？　あなたの力を知っているのと知らないのでは、いざという時の対処が変わりますので」

つい数時間前までは凹んでいた少女にしては随分とはっきり言ったが、その言い分は真っ当なので俺は承諾することにした。

「まあ、そうだな」

「どうせあの子より弱いでしょうけどね！」

「あの子？」

「病気で休んでる子です。伊上さんと同じ魔法使いなので」

「ああ。まあ確かに比べ物にならないだろうなぁ」

なるほど。このチームの本来の四人目は魔法使いだったか。随分とバランスの良いチームだな。

まあ、今言った通り俺とは比べものにならないだろうけどな。……もちろん俺が下って意味でだ。

おそらく一級であろう奴と、三級である俺とを比べるなってんだ。

「いざと言う時は助けに入りますから」

「ここ程度の相手に助けなんていらないって」

俺はそう言うと先頭を進みだす。

しばらくすると前方に敵の反応を感じ取り、後ろについて来ていた三人に合図を出して止める。

そして魔法を使って敵の数や居場所を正確に把握していく。

敵の状況(じょうきょう)を完全に把握すると、今度は攻撃(こうげき)のために魔法を使うが……

「水？」

「しょぼ」

俺が魔法によって生み出した水を見て宮野と浅田が小さく声を漏(も)らすが、まあ実際にしょぼいのは確かだ。

俺が魔法で生み出したのはピンポン球(だま)程度の水。その数は三つ出しているとはいえ、それでも一級の魔法使いを知っているのなら、比べるまでもないだろう。何せ一級の魔法使いはプールいっぱい分の水を簡単に生み出し、操ることができるんだから。

だが……

「まあ三級だし、そんなもん――」

だがしかしだ。だからと言ってその成果が変わるわけではない。

たとえ海ほどの量の水を作ることができたとしてもピンポン球三つ分の水を作ることしかできなかったとしても、『三体のゴブリンを殺す』ということができるのなら、結果だけ見ればどちらも変わらない。

俺の生み出した水の球はゴブリン達へと進んでいき、その口に命中した。

するとゴブリン達は突然のことに驚(おどろ)き、慌(あわ)てて周囲を確認(かくにん)するが、すぐに確認することをやめて自分の首へと手を伸ばした。

そのまましばらく放っておくとゴブリン達は首を掻き毟りながら倒れたので、俺は近づいて剣で貫きトドメを刺した。

「どっかのバカはしょぼいとか言ってたみたいだが、生き物を殺すのにプールいっぱいの水なんてのは必要ないんだよ。喉さえ塞げば、それでおしまいだ。小さな魔法はそれだけ敵の魔法使いに察知される可能性も少なくできて、魔力の消費を抑えられる。力任せな一撃なんてのは、俺から言わせりゃあバカのやることだ」

魔法ってのは使う際に魔力を周囲に撒き散らすんだが、その使う魔法の規模が大きければ大きいほど、威力が高ければ高いほど周囲に魔力の反応を広く撒き散らす。

魔法使いにはその反応を感じ取ることができるので、あまり敵を引き寄せたくないダンジョンでの戦闘は基本的に大規模な魔法は使わない。

まあ、力技が必要なときだってあるだろうし、三級よりも一級の方がダンジョンで戦っていられる時間が長いのは事実だから、実際にどっちを選ぶかと言ったらやっぱり一級の方だろうけどな。

「で、どうだった？　これが俺の戦い方だ」

敵の隙をついて魔法で動きを阻害して剣で斬る。それが俺の基本的な戦い方だ。

ここに道具を使ったり仲間と連携したりなんてのも加わるが、なんにしてもまあ、王道ではないな。

卑怯者や外道の戦い方だ。だがそれが命をかけた戦い、それが冒険ってものだ。生き残るためには華々しい勝利なんて求めていられない。

「……だから魔法使いなのに遊撃なんですね」

「ああ。まあさっきはああ言ったが、実際は大技を使えないってのもあるけどな。何せ三級だし」

俺は三級なのでそれほど魔力がない。大規模な魔法を……まあ使えないこともないが、使ったら一度か二度、どれだけ頑張っても三度の使用でぶっ倒れるだろうな。

今のだって完全に死ぬまで待たなかったのは少しでも魔力を温存しておきたいからだ。

「とりあえず先に進むか？」

ひとまず俺の戦い方は見せることができただろうし、元の隊列に戻るか。

「ああ、そこで止まれ」

それから更に一時間ほど進んだところで、俺は少女達……チームメンバー達へと若干苛立ちながら制止の声をかけた。

「どうしたんですか？」

　宮野が振り返って問いかけてきたが、その様子は何もわかっていないようだ。

　優等生っぽいこいつがわかってないとなると、他の二人もわかってないだろうな。

「お前ら、学校で何習った？」

「何って……基礎教育と戦い方、それからダンジョンでの過ごし方、です」

「ダンジョンでの過ごし方なんてのを学んでんなら、罠の類についても学んでるよな？」

「はい。……もしかしてこの先に罠が？」

「いや？」

　宮野はとっさに前方へと振り返って警戒する姿勢を見せ、他の二人も同じように振り返るが、それは違う。この『先』には罠はない。あるのかもしれないが、それはここから多少なりとも離れた場所だろう。

「え？　じゃあ――」

「そこのハンマーゴリラ」

「……は？　ちょ、え、何その呼び方。もしかしてあたしの事？」

　宮野のことを無視して、その隣にいた浅田に向かって言葉を投げかけると、浅田は一瞬呆けたような反応をしてから顔を顰めて問い返してきた。

「……いい度胸してんじゃない。ならそのハンマーの力を見てみる?」

俺が頷くと、浅田はこめかみをピクピクと動かしながら自身の武器である大きなハンマーを構えてこっちに歩いてくるが……これだけ離れれば問題ないだろう。

「もういいぞ、そこで止まれ」

「人をバカにしておいて謝りもなしに止まれってのは、バカにしすぎてると思わない?」

「助けてやったんだから感謝してほしいくらいなんだがな」

何も俺は理由もなくだとか気に入らないからだとかそんな理由で暴言を吐いたわけじゃない。

「そこ。さっきまでお前が立ってた場所だが……」

さっきまで浅田が立っていた場所から二歩程先に向かってライトを照らす。

すると、暗くて見えづらいがそこには僅かに段差ができていた。そしてそれをよく見ると、人工物であると言うのがわかる。

「罠……」

「後数歩進んでたら喰らってたぞ」

この場所がゴブリンの巣だってことを考えると、簡単な矢なんかが飛んでくる罠か、鳴子あたりだろう。

「……」

「今のは簡単なものだったから喰らってもすぐに癒せば問題ないだろうが、そもそも喰らわない方がいいに決まってる。それに、もっと酷いものだと……こうなる」

「――っ！」

俺はそう言いながら自分の腕を捲って見せるが、そこには肘から手首にかけて爛れたような痕跡があった。ような、と言うか実際に爛れたんだがな。

「これは俺が冒険者をやらされて半年してからできた傷だ。順調に行ってた俺は調子に乗った。ダンジョンを甘くみた。そのせいで罠にかかり、こうなった」

生き物を殺す覚悟もできて、罠もわかるようになってきて警戒が緩んでいた俺は、罠に嵌り腕が爛れた。

「これはその場にいた治癒師に癒してもらっても治らず、一生このままだ」

あのとき一緒にいたのが二級の治癒師だったからってのもあるだろう。一級や特級が一緒だったのなら痕なんて残らなかったかもしれない。

だがそうだとしても、それは治せなかった治癒師が悪いのではなく、罠にかかった俺が悪いのだ。

「これまで何度かさっきのと同じような罠があった。その全部を奇跡的に外してたが、これからずっと続くだなんて事は起こらない。俺みたいな傷を作りたくなかったら、精々気を付けろ」

才能があるって言っても、それはまだ単なる『才能』でしかなく、『実力』があるわけじゃあないのだ。

あまり口出しするつもりはなかったが、見ていられなかった。

俺みたいなおっさんが怪我をする分には仕方ないですむが、若い女の子がこんな痕が残るような怪我をすることになったら大変だろうからな。

「で、どうする？」

「……進みます。ただし、みんな罠には気をつけて」

リーダーである宮野の言葉に浅田と北原はうなずくと前に進み出した……のだが、その際、浅田は俺の足を軽く蹴っていった。これはさっきの呼び方の仕返しか？

本気で蹴られれば俺の足なんて『折れる』ではなく『千切れる』だろう。だと言うのに少し痛いで済んだのはかなり手加減したからだろうな。

そんな浅田の反応に俺は肩を竦めると、先ほどまでよりも遅いペースで進む少女達の後を追って進んでいった。

ある程度までダンジョンを進んだ俺たちは、これ以上は泊まりがけになってしまうと判断して引き返したのだが、ダンジョンを出てきたときにはすでに陽が落ちていた。

時間は……七時か。冒険者としては普通だが、学生としてはこんなおっさんと一緒にいるとかどうなんだろうな?

「つ、疲れた……」

「やっと帰ってこれた……シャワー浴びたい……」

「レポートは、明日でいいよね……」

宮野、浅田、北原の三人はゲートを潜りダンジョンから出ると、それまで張っていた気を緩めて全身の力を抜いた。

「まだ報告と換金が残ってるぞ」

だがダンジョンに潜ると言うのはこれで終わりではない。遠足は帰るまでが遠足なのと同じで、ダンジョンから出てきただけでは終わりにはならない。

モンスターはその体内に魔石と呼ばれる塊を持っている。モンスターがゲートから溢れた当初は意味のないものだったが、今では人間達にとって貴重なエネルギー源だ。

加えて、今回はゴブリン相手だったから他に何もしなかったが、他のモンスターだったら売れそうな部位を剥ぎ取ることになる。まあ、今回の剥ぎ取りはこいつらが戦っている間に俺がやったが。流石に初日で解体までさせるのは酷だろうしな。

モンスターを倒し、牙や皮等の素材と魔石を剥ぎ取って、換金して、そこまでやって初めて冒険終了になるのだ。

だから俺たちは、ダンジョン内で倒した敵から回収した魔石をゲートのそばにある換金所へと持ち込み、そうして受け取った金を四人で分けた。

ダンジョンに潜る前に感じていた視線も消えたし、もう何もないだろう。これで今日の冒険は終了だ。

「じゃあお疲れさん。次はいつだ？」

「その事なんですけど、連絡先交換しませんか？　私たち、普段は学校ですから連絡も取りづらいですし」

「……まあ、そうか。一緒に行動する以上は必要か」

それは当然のことなんだが……女子学生と連絡先の交換かぁ。……なんだかアレな感じがするな。

「それじゃあ今日はこの辺で解散としようか」

「はい。お疲れ様でした。それと、これからよろしくお願いします」

そんな風に言葉を交わしてから、ここ最近では無かった、やけに長いと感じた一日を終えた。

一章　おっさん、女子高生のチームに正式加入

そんな日から一週間ほどたったある日。

ダンジョンへ潜らない時は日課となっていたトレーニングを終えて部屋でダラダラしていると、突然電話がかかってきた。

誰だ？　……宮野？　宮野……ああ、宮野。

一瞬誰だかわからなかったが、そういえばチームに入ったんだったと思い出した。

そしてこれはそのチームのリーダーである少女からの電話だ。

俺たちは気軽に連絡を取り合うような間柄ではないのだから、おそらくは次のダンジョン探索が決まったのだろうと思い電話に出る。

「はい、もしもし」

『あ、えっと、お久しぶりです伊上さん』

「ん、ああ久しぶりだな」

電話に出るとどこか戸惑いがちな宮野の声が聞こえたが、よく知らない大人に電話をか

けるのだからこんなもんだろう。

『それで、あの……申し訳ありませんが、明日学校までお越しいただいてもよろしいでしようか？』

「……は？　……あー、何でだ？」

『実はレポートを提出したのですが、内容が本当なのか疑問があると言う事で』

「……疑問なんて出るようなこと書いたのか？」

まだそれほど接したわけじゃないが、あの時の宮野の感じからして報告を盛ったと言うこともないだろう。浅田と北原もそうだ。

吐いたことについては隠したかもしれないが、その程度では特別おかしな矛盾は出ないはずだ。

それとも俺のあいつらへの評価が間違っていたのだろうか？

そう思い少し眉をひそめてしまったのだが、どうやらそれは違ったようだ。

『いえ、実は試験として提示されたダンジョンのいくつかは罠だったようで、初心者向けではなかったんですけど、私たちの行った小鬼の穴もその一つだったんです』

「だろうな。初めてのやつが入るにはあそこは向いてない」

だがまあ、なんとなく話が見えたな。

試験で罠にかかったにもかかわらず問題なくレポートを出したことで疑問ができた。そんなところか？

『そうですね。決めた時は評価をあげようと難度の高めのところを選んだんですけど、考えが足りませんでした』

「で、そんな初心者向けじゃないダンジョンで何事もなく終えることができたのはおかしいって目をつけられたってか？」

『大雑把に言ってしまうとそんな感じです』

これで助っ人が一級や特級だったらなんとも思われなかったのかもしれないが、俺は三級だ。それなりに経験を積んでいるとはいえ、三級では初心者というお荷物を抱えた状態ではクリアが難しいと判断されたんだろう。

で、その説明に俺に来てほしいと。……めんどくせえ。

「……行かないと問題あるか？」

『いえ、特に何があるというわけでもないのですが……』

嘘だな。この声の感じからして、なんらかの処分……とまではいかないが対応はされるんだろう。少なくともそう仄めかされたかなんかあったはずだ。だからこんなはっきりしない返事になっている。

……あーくそ、仕方ない。めんどくさいが、チームメンバーになったんだ。ここで行かなければ不義理が過ぎるか。

「……はぁ、わかった。明日の何時だ?」

『いいんですか?』

「一応俺が冒険者辞めるまでは同じチームなんだ。これくらいは仕事のうちだろ」

『ありがとうございます。でしたら明日の放課後……三時に校門のところに来ていただければ私が迎えに行きます』

「ん、了解。じゃあ明日また」

『はい。お手数おかけしますがよろしくお願いします』

そうして電話を切ると、俺は大きくため息を吐き出した。

「さってと、ここで待ち合わせのはずだが……ここも久しぶりだな」

翌日、電話で話した通り冒険者学校に来たのだが、正門の前には誰もいない。どうやら宮野はまだ来ていないようだ。

「前に来たのは四年以上前だから結構前だよな……」

一応俺もこの学校に通っていたことがある。一年だけだがな。

だが一年だけとは言っても、中退したわけじゃない。そういうシステムだっただけだ。覚醒者として力に目覚めたからと言って、すぐに戦えるわけじゃない。だからその力の使い方を学ばせるために覚醒者は全員学校に通うことになるのだが、二十五歳以上の後天性覚醒者はほぼ全員が一年間だけの特別授業で色々と詰め込むことになる。

これは簡単に言うと、「お前達には期待していないけど、とりあえず決まりだから学校に通わせる」と言う意味だ。

覚醒者の数が足りてなくて鍛えるってんなら、もっと丁寧に鍛えろよと思ったが、まあ三級の戦士なんて所詮はアスリートと同じくらいの身体能力しか持ってないからな。魔法使いだって最近では魔法の込められた道具を使った方がよっぽど使えるから仕方がないのかもしれないな。

「そこのあなた。そこで何をしていらっしゃるのですか?」

「……俺か?」

考え事、と言うか思い出に耽っていると、突然聞き覚えのない声に問いかけられた。

視線を向けると、そこには武装はしていないものの、宮野達と同じ学生服を着た少女がいた。

暗めの茶色をした長い髪で、前髪を分けた……なんというかお嬢様風味のあふれる髪型をしてる。いや、髪だけじゃなくて全体的になんだかお嬢様オーラがあるな。

「ええそうです。ここは部外者の立ち入りは禁止している場所ですの。あなたはこの学校の者には思えませんが、どのような御用でしょうか？」

ああ、そういう。まあ確かにおっさんが門の前で立ち止まってたら不審者に思われても仕方がないか。

……不審者、かぁ。自分で言っといてなんだが、なんだか悲しくなってくるな。一応身だしなみは普段より整えてきたんだけどなぁ。

「あー……俺は一応ここの卒業生で、今日はここの生徒と約束して呼ばれたんだ」

「その生徒の名前はお聞きしてもよろしいでしょうか？」

「宮野瑞樹って子なんだけど……」

「……宮野さんの？」

「あー、知り合いか？」

「……ええ、まあ」

僅かに険しくなった表情と態度から察するに、いい意味での知り合いじゃない感じか？

……けどまあ、それがわかったところで俺が関わるようなことじゃないか。

「んんっ。……ここの卒業生と言う事は、冒険者なのですよね？　一応、冒険者証を確認させていただいてもよろしいでしょうか？」

「ん、ああ。……これだ」

「失礼します」

俺が冒険者だとわかると心持ち雰囲気を柔らかくして話しかけてきたのだが、俺が差し出した冒険者証を見ると、途端に顔をしかめられた。……なんだ？

「これは……あなた三級だったのですか」

「ああ。何か問題あるか？」

「いえ。……ですが、宮野さんはまたこのような方と付き合われているのですか。彼女の実力ならばもっと上を目指すことも可能だと言うのに……」

これはアレだな。階級で見下してる感じだ。

確かに三級なんて下手すりゃあ覚醒していない一般人にも負けるような雑魚だし、それは俺自身よーーーく分かってる。

だが、だとしてもこうして見下されるのはいい気分じゃないな、やっぱり。

まあ、いつものことって言えばいつものことなんだけどな。

「それで、あなたは何の用で来たのでしょう？」

「え？　それは今言った宮野さんの――」

「そうではなく、彼女に会いに来た理由です」

「……なんでそこまで言わなきゃならないんだ？」

「三級程度の方が宮野さんのそばにいると彼女の格が落ちます。彼女は特級。もっと上に行くことのできる才能を持っています」

「で、それがどうした？」

「彼女が仲良しクラブのような状況に甘んじていると言うのはこの世界にとっての損失でしかありません。特級の彼女は、同じ特級である私と同じチームで活動するべきなのです」

「つまりは俺みたいな雑魚が一緒にいるのは気に入らないと」

「そうは言いませんが、もう一度よく考えるべきかとは思いますね」

「言ってんじゃねえか。それ、ほとんど同じ意味だろ」

つまりアレだ、こいつは特級は特級にふさわしい相手と付き合えと、そう言いたいんだろう。

そしてそれは、多分自分のことを言ってるんだろうな。三級を見下すってことは一級か特級だろうし。つか自分で特級って言ってたなそういやあ。

「まあでも、彼女が誰と一緒にいるか、誰と付き合うかなんてのは彼女が自分で決めることだ。お前が言うことではないし、俺が頓着することでもない」

　と言うかだ、宮野のチームは全員が一級以上だ。しっかりと『相応しい』メンバーだと思うけどな。

　あ、相応しいのは俺以外な。俺はハズレだ。相応しくないと言われても仕方がない。

　それに、もし同じチームで活動したいってんならこいつが宮野のチームに入ればいい。

　冒険者ってのは基本的に四人から六人のチームを組むが、宮野達はもともと四人。そこに俺が入ったとしても五人だ。あと一枠空いている。

　だから誰かが他に加入したとしても俺はそのことについて何も言わない。どうせすぐに離れることになるんだし。

「本気で気になるってんなら、自分が宮野と同じ班に入ればいいじゃないか」

「……離れる気はないと？」

「どうするかは俺が自分で決めることだ。ガキに言われたくらいで考えを変えると思ってんのか？」

「……そうですか。この手はあまり使いたくはありませんが……私は冒険大臣の娘です」

　字面からするとリアリティーにかける感じがするが、最近になって、というかモンスターが現れるようになってから冒険者管理省なんてものが作られた。

　冒険大臣ってのはそこのトップだ。決して冒険してる大臣じゃない。

そしてこのお嬢様はその大臣の娘らしい。

「そうか。それで？」

「……わかりませんか？　私がお父様に言えば、あなたの冒険者としての人生はおしまいですよ？」

……え、何？　三ヶ月待たずに冒険者辞めさせてくれんの？　ありがとうございます？

「そりゃあいい。それは望むところだ」

「何ですって？」

「俺は、まあわかると思うが後天性覚醒者なんだよ。冒険者の義務として奉仕期間の五年は冒険者をやるが、歳のせいもあって冒険者ってのは辛くてな。できることなら冒険者なんて辞めたいんだわ。辞めさせてくれるってんなら喜んでって感じだ」

「……」

できることならすぐに辞めさせてくれないだろうか？

なんの理由もなしにお勤め期間中に自分から冒険者を辞めることはできないが、俺から辞めるわけじゃないから法には引っかからない。

「すみません伊上さん、お待たせしました！」

僅かばかり期待していると、俺を呼び出した張本人である宮野瑞樹がやってきた。

「ご機嫌よう、宮野さん」

言葉を交わしたとも言えない二人の様子だが、二人はどちらもそれ以上話すつもりはないようで、無言で見つめあっている。

だが、二人の抱いている感情は別のものだろうな。

「……私はこれにて失礼させていただきますわね」

天智と呼ばれた少女は少しの間宮野と見つめあった後にそう言って去っていったのだが、その去り際にもう一度俺のことを見てきた。……辞めさせてくれないのかなぁ。

「えっと、お知り合いだったんですか？」

「いや、見知らぬ大人がいたから部外者だと思って注意しに来たみたいだ」

「なるほど。彼女は生徒会に入ってますからね」

「ああ、そんなのに入ってたんか」

「はい。彼女も特級なので一年生なのに生徒会に入って、その……頑張ってるんです」

頑張ってる、か……さっきの様子からしても俺はあいつと仲良くなれそうにないな。仲良くなりたいとも、そもそも仲良くなる機会もないけど。

というか、やっぱり特級だったか。そりゃあ特級からすれば三級なんて『相応しくない相手』だろうな。

「とりあえず、目的を果たすか」

「あ、そうですね。本日はご足労いただきありがとうございます。こっちです」

そうして宮野の付き添いを得て俺は数年ぶりの学校の敷地内へと進んでいった。

「この先が教員室なんですけど……」

「知ってるよ。俺もここに通ってたからな」

「あ、そうでしたね……っと、つきましたね。先生を呼んできます」

……あー、少しつっけんどんな感じで言い過ぎたか？

つってもなぁ……女子学生と話す機会なんてなかったし、どう接したものかいまいちわかんねえんだよな。

三ヶ月とは言え一緒に行動するんだから、できる限り仲良くはしたいんだが……はぁ。

……最近ため息が増えてきてる気がすんな。あー、やだやだ。こうして歳をとってくのかねえ。

そんなことを考えていると、職員室の中へと消えていった宮野が後ろに誰かを伴って戻ってきた。

「はじめまして。私は彼女達の担任をしています、桃園と申します。あなたが宮野さん達の助っ人としてダンジョンに潜った方ですね？」

「はい。三級の冒険者、伊上と言います」

「では伊上さん。詳しくお話を聞かせていただいてもよろしいですか？」

「ええ……と言っても話せることなどそれほどありませんが」

「それでもお話ししておきたいので、どうぞこちらへ」

桃園と名乗った教師の後について歩き出した俺たち。

だが目的地はそれほど遠い場所でもなかったので数分も歩けばたどり着いた。

「では、改めてお越しいただいたことをお礼申し上げます」

そして俺は応接室に置かれていたソファに座ったのだが、その場には宮野はいない。

俺たちと一緒にこの部屋の前まで来たのだが、桃園先生から案内はここまででいいと言われて解放されたからだ。

そんなわけで、俺と桃園先生は二人きりで向かい合って座っていた。

「いえ。それで、宮野さん達の試験についてはどうなるのでしょう？　再試験、とかになったりはしますか？」

「それにつきましては問題ありません。もとより失格にするつもりもありませんから」

「そうでしたか。それなら良かった」

なんだ失格にはならないのか。いや、がっかりしてるわけじゃないけどな？

「失礼ながらレポート云々というのは単なる口実で、あなたに来ていただいた理由は他にあります」

「……わざわざ嘘をついてまで呼び出す理由ですか」

なんか厄介ごとの気配がするな……。

「はい。それは宮野さんに関係しているのですが、それを彼女に知られたくなかったのです。……ご存知のことと思いますが、彼女は特級の才を持っています。そしてそれをしっかり育てることが私たちの仕事です。このような世界になってからは戦える力と言うのは非常に重要なものですから」

貴重ってのはそうだろうな。毎年ゲートは発生するのに、発生したのと同じ数のゲートを破壊できているわけじゃない。ゲートを破壊して安全を確保しようとしているが、それ以上のペースでゲートが増えているのが現状だった。

今でこそ俺たちみたいな力の弱い冒険者は素材回収をしたり、モンスターの駆除をしたりしているだけだが、全冒険者の目的は元々はゲートを破壊することだった。

ダンジョンのどこかにあるこっちの世界と繋がってる核みたいなものを壊せばゲートは

消え、そこからモンスターが出てこなくなる。それを狙っていたのだ。

だが、ダンジョンの何処かにとは言ったが、大抵はダンジョンの奥にある。そこまでたどり着くことができる者は、残念ながらそう多くはない。

最近では『世界最強』なんて冗談みたいな呼び方をされている奴が現れたおかげでなんとか拮抗している状態まで持っていけたらしいが、それだっていつまでも続くわけじゃない。

故に、それができそうな人材――ダンジョンを踏破し、ゲートを消すことが出来そうな特級の才能を持つ者は重要になってくる。

「ですが、今の彼女はまだ甘いところが多く、はっきり言ってしまえば弱いです。だから彼女達では小鬼の穴をクリアすることができないと思っていましたが、見事合格しました。けれどそれは彼女たちの独力によるものではなく、あなたのおかげだと私は判断しました。ですので、あなたには彼女の成長を手助けしていただきたいのです」

「成長の手助けね……具体的には？」

「冒険者学校には教導官という制度があるのですが、あなたにはそれになってもらいたいのです。内容としては先日のように彼女達がダンジョンに行く際の同行と助言をお願いしたく思います」

教導官か……どうせダンジョンには一緒に潜ることになるんだし、まあその程度ならいいかと思わなくもないが、問題はなんで俺にそんなことを頼んできたのかってことだ。

確かにレポートを読んだら俺が何かしたって思うかもしれないけど、所詮俺は三級だ。俺が何かしたって考えるより、宮野たちが特級や一級としての力を発揮したと考える方が自然じゃないだろうか？

「その程度なら……けど、本当に俺でいいんですか？」

「ええ。むしろ、あなた以上の人選はないと考えます。彼女たちがあなたに出会ったのは奇跡だったと言えるでしょう」

桃園先生はそう言うと、手に持っていたファイルから何枚かの紙を取り出して俺の前に置いた。

「それは……」

「失礼ながら、調べさせていただきました」

出された紙の内容を見た瞬間に分かってはいたが、その言葉を聞いて思わず顔をしかめてしまった。

「確かにあなたは格付けとしては三級ですが、あなたの成してきたことはとても三級程度には収まるものではありません。それこそ、特級の功績と比較しても遜色がないほどの偉業と言えます。そんなあなたであれば、特級である宮野さんの教導官としてこれ以上ないくらいに適任だと判断しました」

桃園先生はそう言ってヒーローを見るような目で見てきたが、違う。俺は俺のやってきたことを『偉業』だなんて思っちゃいない。あれらはただ流れでそうなっただけのことだ。

「そうですか。なら、はい。わかりました」

だが、俺の心の内なんてのは今の状況には関係ない。元々教導官の話を受けるつもりだった俺は桃園先生の提案を承諾することにした。その際にわずかにため息を吐いてしまったのは仕方ないと許してほしい。

しかしまあ、その提案は今更とも言える。三ヶ月間とはいえ、元々そういう契約だったしな。ダンジョンに行く必要はあったんだ。なら、この程度は許容範囲内だろう。

……っと、だが最初に言っておかないとだよな。

「とは言え、俺は冒険者を辞めるつもりでいます。ですので、教えるのもそれまでの期間となります」

一応宮野達に冒険者としての活動の仕方を教えることを承諾したが、ここを変えるつもりはない。俺は後三ヶ月で冒険者なんて辞めるんだからな。

「できることならば、せめて一年生のうちはお願いしたいところですが……はい。それは伊上さん本人の意思であり、私が止めることができるものでもありませんから」

良かった。これで変にごねられても困ったよ。

「……ですが、代わりにと言いますか、学校へ通う事もお願いしたく思います」

「学校に？　それはまた……どうして？」

「伊上さんは短期入学の方でしたよね？」

「ええ」

「でしたらご存知ではないかもしれませんが、この学校では基本的に班での行動が定められています。通常の授業はもちろん、今回のように試験なども班で行うのです。ですから、外部からの助っ人を入れる班はその助っ人の方にも学校に通ってもらい、連携を強めるのを推奨しております。万が一にでも生徒が死んでしまっては、国の未来にとって損失となりますから」

「推奨、と言うことは、強制ではないのですか？」

「はい。ですが、大抵は共に行動します」

しかしなぁ……正直めんどくさそうだ。それに、めんどくさいって以外にも気乗りしない。

だって学校だぞ？　まあ学校自体が嫌いってわけじゃないんだが、俺は今三十……四だったか？　この年齢になると自分の歳とかどうでも良くて忘れるな。

　まあそんなおっさんが少年少女に混じって席に座ってお勉強って……バカかよ。いや勉強って意味なら俺の方がバカだと思うけど、そうじゃなくて恥ずかしすぎんだろ。

「それから、班別、個人でランキング戦と言うものが行われますが、これで助っ人の方の所属する班のメンバーがいい成績を残しますと、学校側から褒賞金が出ます」

「……ランキング戦と言っても、たかが学生の催しでしょう？　褒賞金なんて出るんですか？」

　冒険者学校には大人も通っていると言っても、所詮は学校。通っている生徒の大半は高校生だ。

　そんな学生の催し事で、金のやり取りなんてしてもいいのだろうか？

「学生の、と言っても強い冒険者を育てると言うのは政府の意向です。でなければ人間社会は容易く滅んでしまいますから。ですので、生徒達に強くなってもらうためならある程度のそういったことは必要と判断されているのです」

　ああまあ、それなら納得だ。毎年のようにゲートが発生してるのに、冒険者の数は現在のゲートに対応する数すら足りていない。この間の三つ同時に発生したゲートの件だってそうだ。そんな調子でいけば、時間が経つほどゲートの数は増えていずれは世界中がモンスターで埋め尽くされることになる。

それを回避するためなら、多少普通から外れることも良しとしたんだろうな。

金ってのはわかりやすくやる気に繋がるし、その金が力ある者の装備に変わるんだとしたらそれはそれで望むところ。そんな感じだろう。

「失礼ながら、伊上さんは実力はともかくとして実際の階級は三級ですので、それほど稼ぎと言うものはありませんよね？　宮野さん達が上位の成績を残すことができれば、それなりにあなたの助けになるのではないでしょうか？」

十分に暮らしていけるとはいえ、それは今だからだ。今冒険者をやっているからこそ俺は金を稼げている。

これが後半年して冒険者を辞めた後になると、仕事がないわけだから一切の稼ぎがなくなってしまう。

冒険者上がりは冒険者関連の場所で優先して仕事につけると言うが、それだってすぐに決まるわけではない。

一応は就職先のあてはあるのだが、あそこにはできる限り行きたくないんだよなぁ……。

いや、別にブラックってわけじゃないんだ。時間は短いし、人間関係は良好だし、金払いもいい。ただ一点、その仕事内容がな。

……まあいい。あそこで働くにしてもそれ以外で働くにしても、しばらくの間は無職として生活しなければならないのだから、金は多いに越したことはない。

だから受けた方が得といえば得なんだが……。……いや、そうだな。別にデメリットがあるってわけでもないんだし、この話を受けても構わないか。

あ、でも一つ確認しておかないとな。それ次第では受けないかもしれん。

「授業に参加するとして、それはどの程度の範囲でしょう？　戦闘関連の実習だけですか？　それとも座学もですか？」

「推奨されているのは戦闘関連、それもごく一部のみです。一応座学も受けていいことになっていますし、推奨外の他の戦闘関連の授業に出ても構わないことになっています」

ああよかった、座学はなしか。あったら確実に断ってたな。

「……学校の施設は好きに使っても構わないのですか？」

「はい。授業の参加以外は学生達と同じように使ってくださって構いません」

話をまとめると……

・宮野たちとダンジョンに潜って冒険者としての指導をする。

・一緒に学校に通って授業（実技のみ）を受ける。

・大会に参加して成績を残す。

・学内の施設は自由に使える。

こんなところか。

特に強制されていることもないし、俺にデメリットがあるわけでもない。

めんどくさいってのと、宮野達と関わらないといけないってのがデメリットといえばそうだが、まあその程度だ。

宮野たちとの関わりは……まあ俺が気をつけてれば済む話か。必要以上に関わりを持つと、お互いのためにならないからな。

「なら、お受けします」

「ありがとうございます」

俺がはっきりと了承すると、桃園先生は軽く息を吐き出して明らかにほっとした様子を見せた。

「……教師としてこんなことを言ってはいけないのですが、正直なところ、私では特級である彼女をどう指導すればいいのか測りかねていたのです。私は一級ですし、教師としては二年目ですから。ですので、あなたのように実践経験豊富な方がついてくださると安心できます」

二年目で特級を任されるくらいだから、この人もそれなりに優秀なんだろうけど……流石に二年目で任されるのはプレッシャーか。

誰か任せられる人がいるのなら引き込みたいのはわかる。

「実践経験豊富と言っても、三級ですよ。一応先ほどの話で出てきたように普通よりは力があるかもしれませんが、そこまで期待されても大したことはできないかと。特級を育てるのなら、同じ特級に力の使い方を師事させた方がいいのでは？」

だが俺は特級を育てられるとは思えない。

確かにちょっとばかり功績と呼べるものがあるけど、それでも所詮は三級だ。俺には特級の力の使い方なんて教えられない。

「いいえ、むしろ三級だからです。一級や特級は、大抵の危機には力押しで何とかなってしまいます。その時は何とかなったとしても、その先のためになる経験にはなりません。ですが、あなたは違う。危機に向き合い、考え備える。それは冒険者として生き残るために必要な技能です。そしてそれは過去の功績から判明しています」

過去の功績ねぇ……。

俺はテーブルの上に置かれている書類へと視線を落とすが、そこに書かれているであろう内容を思うと自分で自分のことが笑えてくる。

「このことは彼女たちには内緒にしておいてください。過度の期待がかかっているとわかると重荷になってしまいますから」

「ああそれで知らせたくなかったと……」

「はい。伊上さんが学校に通うことは構いません、というより、教えないわけにはいきませんが、学校側が後押ししている、というのは伏せていただければと思います」

「わかりました。その辺はこちらでもできる限りサポートします」

まあ、引き受けると決めたんだ。一度仕事を引き受けた以上は、できる限りこなすのが仕事を引き受けたものとしての責任ってもんだろ。

「ありがとうございます。彼女達をよろしくお願いします」

「お任せください……とは言えませんが、まあできる限りの『経験』を教えますよ」

一瞬事案的な発言をしてしまったかと思ったが、桃園さんは気づかなかったようだ。

これはあれだな、頭の中の差というか、〝そういうこと〟を普段から考えてるか否かの差だろうなぁ。

「最後に聞いておきたいことなどはありますか？」

こういうのって聞かれてもその場ではすぐに思いつかないよな。後になって「これはなんだ？」って疑問が出てくるもんで、今は聞きたいことなんて特にはない。

「なら……ああそうだ」

と思ったのだが、ふと一つ思いついたことがあったので聞いてみることにした。思いついたってか、思い出したの方が正しいか。

「宮野さん達がダンジョンに入って行ったとき、こっちを見てたのは学校側の方ですか？」

俺がダンジョンに入ろうとしたとき、ずっと付き纏うような視線と気配を感じていた。すごく薄らとしたもので、ちょっとした違和感程度のものだったが、まず間違いなく見られていた。

悪意は感じられなかったし、宮野達が吐いて隙だらけになった時も襲いかかってこなかったことから敵ではないと思ったが、なら誰が、と考えると学校側の手の者だという結論に至ったのだ。

何せ初めてダンジョンに潜る生徒にあんなゴブリンの巣なんて危険なところを選択肢に入れたんだ。もし生徒がそこを選んで死にでもしたら、そしてそれが特級だったら目も当てられない。

だからこそ生徒達には内緒で護衛がついていてもおかしくはないと考えたのだ。

だが、それは所詮俺の考えだ。なのでちょうどいいからはっきりさせておこうと思った。これでもし学校側の者ではなく、宮野達をどうにかしようと思っている奴がいるんだとしたらそれ相応の対応をしないとだからな。

だが、そんな心配は要らなかったようだ。

「気付いてらしたんですね」

「それくらいはできないと死んでましたから」

「なるほど。ですが、はい。宮野さん達を尾行していたのは学校側で用意した方です」

どうやら俺の考えは合っていたようだ。これで心配事の一つが消えたので、多少はやりやすくなったな。

「では学内の通行許可証は後日宮野さんにお渡ししますので、彼女から受け取ってください」

「わかりました──あ？」

廊下に出ると、すでに帰ってもいいと伝えたはずの宮野がスマホを弄りながら待っていた。

真面目ちゃんな感じのしていた宮野もそういうのを弄るんだなと思ったが、よくよく考えなくても宮野は今時の高校生だ。待ち時間に弄っていてもおかしくないか。

「あ。伊上さん、桃園先生。お話は終わったんですか？」

宮野は俺たちに気がつくと直ぐにケータイを鞄にしまってこちらに歩いてきた。応接室から少し離れた位置で待っていたのは話を聞かないようにとの配慮か？　律儀な子だな。

「何だ、ずっと待ってたのか」

「呼んだのは私ですから。最後まで付き合うのは当然のことです」

「……馬鹿みたいに真面目だな」

「真面目なことは悪いことではありませんよ」

「まあ、悪いとは思わないけどな、俺も」

ただ、損をするとは思う。世の中真面目なだけで生きていけるほど甘くはないからな。

けどまあ、それを決めるのは彼女であって、俺が口を出すことじゃあないか。

「宮野さん。折角ですし、伊上さんに学校を案内して差し上げたらどうですか？」

「え？　俺は一応ここを卒業してますけど……」

「四年前の話ですよね？　もう一度通うことになるのですから、確認の意味を込めて見ておいた方がいいかと思いますよ？」

「まあ、そうですね」

「では宮野さん、後はよろしくお願いしますね」

桃園先生はそう提案し、宮野に頼むとそのまま去っていった。

あまり仲良くしたくないんだがな……。

「あの……もう一度通う、というのは？」

「あー、何だ……外部からの助っ人――教導官は班の一員として授業に参加することができるらしくてな。俺もそれに……というか、知ってたんじゃないのか？」

「ええまあ。その制度は知ってましたけど、受けていただけるとは思っていなかったと言いますか、本来の契約外ですので、ご迷惑になるかと思ったんです」

ああ、なるほど。今までの俺の態度を見てればそう思っても不思議じゃないか。

「一応こっちにもメリットがある話だったからな。金になるし、学校の施設も使える。装備の手入れや買い物ってのは、外より学内の方が安く済むんだ。それに、他にも色々とできることがあるからな」

この学校には冒険に必要ないろんなものが揃ってる。道具を始め、武器や魔法具も売ってるし、治療までしてもらえる。

流石に数百万とか数千万とかするものは売っていないし、よっぽどの治療だと金を取られるが、それでも外のものよりは格安だ。

それらが利用できるってだけでも結構ありがたい。

「では案内をしますが、どこから回りますか？」

「どうすっかなぁ……回るっつっても、それなりに覚えてるし……あー、どこか四年以内にできた新しい何かがある場所ってないか？」

「四年以内ですか……あ、でしたら訓練場の設備と、訓練場そのものが増えました」

「訓練場か……あそこはあんまり行ってなかったな」

「そうなんですか？」

「ああ。ほら、俺は短期で入ってたから、授業は詰め込みだったし、自由時間はあんまりなかったんだよ。訓練場は授業で何度か使ったが、それ以外となると数える程度だな」

「そうだったんですか。短期の方は大変だと聞いていましたが、本当に大変なんですね」

「まあ、短期で通う奴は大抵がそれなりに歳のいった後天性覚醒者だ。若いやつに比べて才能という点で劣ってるのに時間をかける必要はないからな。短期入学ってのは、無理やり詰め込んで、覚えられなくても最低限の教育はしたって言い張れるためのもんだ。こっちの苦労なんて考えてやしないさ」

「……」

やべ、愚痴っぽくなったな。

あの時のクッソ忙しい時を思い出すとつい苛ついてしまう。

俺はあの時の経験で、心を亡くすで忙しいって書く理由がわかった。人生で一番忙しかったな。

これから宮野たちと行動を共にするんだったらあの時の教師と出会うかもしれないが、もしそん時がきたらぶん殴ってやりたい。

まあ、実際にはやらないけどな、宮野たちに迷惑がかかるってのもあるが正面から殴りかかればまず間違いなく俺が負けるから。

だがまあ、とりあえず今は話を誤魔化しておこう。

「あー……他は何かあるか？」

「あ、はい。後は……強いていうのなら図書室に新しい本が増えたことと、購買部の品揃えが少し変わったこと、くらいでしょうか？」

「品揃えはいいとして……新しい本なんてよく知ってんな」

「一応毎日図書室に通っていますから」

「……毎日？」

「？　はい、そうです。あ、一応できる限り、ですが。行けない日もありますから」

「そりゃあそうだろうが……真面目だなぁ」

俺も図書館に通ってはいたが、必要な情報を集め終えたらパタリと行かなくなった。

忙しかったってのもあるが、元々本を読むのはそれほど好きってほどでもなかったからな。

「まあいいや。とりあえず、今言ったのを回りながら適当に全体を歩く感じで行くか」

「はい。ではご案内します」

そうしてしばらく適当に会話をしながら学校内をまわったのだが、ついに下校時刻となり解散する流れになった。

「やっぱ広い学校だよな」

「そうですね。私も入学したての頃は驚きました」

そんなことを話しながら歩いていると、正門までたどりつき、宮野がこちらを向いて頭を下げた。

「本日はお越しいただきありがとうございました」

「いや、こっちにとってもいい話であるのは確かだし、一応同じチームに入ってんだからこれくらいの義理は通すさ」

断って不仲になっても問題だからな。仲の悪い状態でダンジョンなんて潜りたくはない。俺の意思ではないが、チームを組むことになった以上はそれなりの行動をする必要があるだろう。

「それじゃあ、また何かあったら連絡をくれ」

「はい、わかりました伊上さん。それでは、許可証が届きましたら後日またご連絡をさせていただきますね」

「ああわかった。それじゃあ、俺は行くわ」

「はい。これからよろしくお願いします」

「ああ、よろしく」

そう言葉を交わすと、俺は宮野の見送りを受けて自分の住んでいるアパートへと帰った。

「お、コウ。帰ってきたか」

「あ？　ああ、ヒロか。どうしたこんなところで？」

自宅のアパートまで帰ると、なぜかそこにはチームリーダー……いや、〝元〟チームリーダーのヒロが手すりに寄りかかりながら俺の部屋の前で待っていた。

そして俺に気がつくと、その手に持っていたビニール袋を俺に向かって突き出してきた。

その中身は……酒か？

「わかってんだろ。お前を待ってたんだよ」

だろうな。じゃないとこんな俺の家の前で待ってるわけがない。

だから俺が聞きたいのはなんで俺の家まで来たのかってことなんだが……まあ、詳しくは部屋の中に入れてから聞けばいいか。

「とりあえず中に入れてくれや」

「ちっと待て……ほら。どうぞお上がりください」

「おう、どうもっと」

俺が鍵を開けてドアを開くと、ヒロは勝手知ったるとばかりにズンズンと部屋の中へ進んでいった。

そして手に持っていたビニール袋を机の上に置くと、どかりと床に腰を下ろした。

「で、調子はどうだ?」

「あんた達に押し付けられた女子学生の群れの中で四苦八苦してるよ」

まあ、まだ一度しかダンジョンに潜ってないけど。

俺がヒロの正面に腰を下ろしながらジトッとした目つきでそう言うと、ヒロは苦笑いをした。

「そう言うなよ。一応お前のためを思ってたんだぞ?」

「まあそりゃあわからなくもないよ。俺たちのチームは結構歳がいってる奴が多かった。一番若い俺が三十四で、ヒロが……確か四十五だったたっけ?」

「だな。俺もそろそろきつくなってきた。お前がお勤めを終えるまで三ヶ月っつっても、三ヶ月ってのは結構なげえ。人が……特に冒険者が死ぬような機会に遭遇するには十分すぎる時間だ。あのまま続けてたとしても、死んでたかも知んねえ」

「ああ。だから俺を他のチームにいれたのはわかる。しかもメンバーのうち二人は一級で一人は特級。性格も悪そうな奴らじゃないし、望むのなら最高の条件だった」

「だろ?」

「だけどな。問題がないわけじゃないんだよ」

宮野たちのチームは、最後の一人である魔法使いの子はわからないが他は基本的にはいい子だし、その能力は申し分ない。

実戦という意味ではまだまだだろうけど、それも直ぐに成長するだろう。

だから問題はそこではなく……

「俺に、三十過ぎのおっさんである俺に、あんな若い女の子に囲まれて行動しろって? 冗談きついぜ。深いダンジョンだと何泊もするのだって珍しくねえんだぞ?」

「女子学生と外泊……事案だな」

「うっせえよ! あんたらがやったんだろうがっ!」

つい隣近所の迷惑なんて考えずに大声を出してしまったが、この件に関しては俺は悪くないと思う。

「まあ落ち着けって。……で、実際のところあの子達はどうだ？　やっていけそうか？」

「まあな。才能的には問題ない。むしろ才能で言ったら俺が足を引っ張るくらいだ」

「だろうな」

「うっせえ。……で、心の方だが、そっちも問題ない。初めてのダンジョンで小鬼の穴に行ったんだが……」

「おいおい。初めてでゴブ共はよかねえだろ」

　ヒロはそう言って顔をしかめたが、それほどまでにこの辺の冒険者にとっては初心者が行くべきではない場所として有名だ。

　ただし、それは資料に残っているとかではなく、単なる口伝。

　多少はネットの情報なんかにも書かれているが、人に近しい姿のものを殺すということの意味は、言葉や文字だけでは伝わらないのだ。

　教科書で学んだことが全てだと思っていたり、額面通りに情報を信じ込むようだと、あそこの危険さはわからない。

「ああまあ、そうなんだがな……準備してる、って言ってたから覚悟の上かとも思ったが、まあ違ったな。実際、ゴブリンを殺した時に吐いて泣いてたし」

「だろうな。生き物を殺すってのは訓練じゃ身につかない一番大事な部分だからな」

「だが、それから数時間と経たずに立ち上がった」

「数時間か……そりゃあすげえ。お前なんか犬で何日もダウンしてたってのにな」

「何日もじゃなくて二日だけだろ」

「ははっ、変わんねえだろ」

かく言うヒロも最初は丸一日引きこもっていたらしい。

「まあなんだ。総合的にみれば上々。使う技や性格……今の時点での評価はまだまだだが、育ったらかなりの奴になる。ああ言うのが『勇者』になるんだろうな」

こいつがいれば、この人がいれば自分たちは安全なんだ。そう人々に思わせ、単独でダンジョンを踏破し、ゲートを消すことのできる存在。それが勇者だ。

宮野は実力的にはまだまだだが、その素質はあると思う。俺がいる三ヶ月以内に勇者と呼ばれることはないだろうけど、それでも十年……いや、早ければ三年もすれば呼ばれていると思う。

「勇者ねえ……俺たちからは縁遠い存在だな」

「だな。精々が……なんだろうな。ゲームとかで勇者に助言する奴？」

「ああいるな、そんな感じの。で、途中で勇者を庇って死ぬか戦いに巻き込まれて死ぬ。もしくはいつの間にか死んでる奴な」

「それ、俺じゃん。俺死ぬことになるじゃん」

「お、そうだな。なむさん」

「死んだら化けて出てやるよ」

「はっ、かかってこいや。コンビニの除霊グッズで退治してやんよ。今じゃ除霊グッズでまじで除霊できるからな」

「まあ時代が時代だしな。いるかわからん幽霊じゃなくて、明確にいるとわかってるモンスターだもんな。今じゃ坊主もアンデッド系専門の退治屋やってる奴もいるし」

「ああ、あれな。戦う坊主」

「あれで一級の冒険者なんだからすげえよな」

「でもアンデッド以外は三級程度の力しかねえけどな」

「でもアンデッドだけでも一級評価もらえんなら十分だろ」

「まあな。でもその点で言ったらヴァンパイアハンターなんかはすげえよな。あれアンデッドメインだけど他のもいけんじゃん」

「でもあれはどこだったかの組織と対立してなかったか？」

　そんな情報交換混じりの雑談を交わしながら俺たちは酒を飲んで過ごした。

「じゃあ俺はそろそろ帰るわ」

「なんだ、泊まらないのか？　嫁に伝えてないとか？」

「それもだが、明日は面接があるんだよ」

「面接？　もう次の仕事を決めたのか？」

「ああ。前々から話はしてたからな。ま、他の二人はしばらく遊んでるみてえだがな」

「俺も後数ヶ月もすればそうなってるだろうなぁ」

「なら、それまで死なないように頑張れよ」

「ああ。そっちも、面接頑張れよ。今までとは違う意味で戦場だろ？」

「まあ、なんとかなるだろ。少なくとも命はかかってねえんだ。どうにかするさ」

　三日後の夕方。俺が所用で外出していると、その帰り道で宮野から電話がかかってきた。

「もしもし」

『あ、伊上さんのお電話ですか？　私は宮野です』

「ああ俺だけど……もしかして許可証ができたのか？」

『はい。それで、近いうちにみんなで集まって話をしようと言うことになりまして、次の都合の良い日をお聞きしたいんですけど……近くで空いている日はありますか？』

「ん。まあ今は仕事してるわけでもないし、俺はいつでも構わないぞ」

『そうですか。では明日の十三時頃、また正門前で待ち合わせでよろしいですか？』

「ああ。……あ？」

『どうしましたか？』

「いや、明日って日曜じゃなかったっけ？」

俺は、というか冒険者はあんまり曜日とか気にしない奴が多いが、今日は土曜日だ。

宮野は学生だし、明日は休みなんじゃないだろうか？　そんなわざわざ休日を潰してまで時間を作ったのか？

『あ、はい。ですがこういうことは早いほうがいいですし、放課後だと落ち着いて時間が取れないので、休みの日ですが明日でいいんじゃないかとみんなと話しました』

「まあ俺は構わないけど……まあいいや。明日の昼一時に正門の前だな」

『はい。よろしくお願いします』

電話を切ると、俺はポケットにスマホをしまった。

「……休日出勤だなんて、ご苦労なことだな」

そしてそんなことを呟きながら家へと歩いて行った。

翌日の日曜日、約束していた時間よりも少し早くに正門で待っていると、校舎側から誰かがやってくるのが見えた。宮野だ。

「お待たせしました、伊上さん！」

「ああ、宮野。いや、待ってないさ」

……？　なんだ？　なんだか前回よりも距離感が近い気がするが……気のせいか？

「本日も来てくださってありがとうございます」

「まあ、どうせ暇してたしな」

「こちらにどうぞ。みんな待っていますので」

宮野の先導を受けて訓練室まで行くと、そこにはすでに他のメンバーたちも集まっていたようで俺たちが訓練室の中に入るとこちらを見てきた。

だが、一人だけ知らない奴がいる。おそらくあれがこの間休んでいたメンバーだろうな。

「あ、瑞樹。やっと来たのね、そいつ」

「佳奈。呼んだのはこっちなんだから、そんなこと言わないの」

「って言ってもねぇ……あたし的にはそいつを入れることに納得したわけじゃないし」

「……あ、あの、こんにちは」

浅田の言葉を宮野が諫めていると、おずおず、と言った様子で北原が挨拶をしてきた。

「ああ。えっと……北原、だったたか？」

「はい。き、北原柚子（ゆず）です。それと……こちらが晴華（はるか）ちゃんです」

「どうも」

「ああ、どうも。君が前回休んでた子か」

「はい」

あー、そう言う感じ。特に悪感情があるってわけでもなさそうだし、めんどくさがりか？返ってきた短すぎる返事に、俺はこの子のなんとなくの性格を察した。

けど、俺にとっては都合がいい。あまり仲良く話したり、なんてするつもりはないからな。

見た目的には、気怠（けだる）げな目と表情をしている。これはまあ性格どおりってやつだろう。服装は宮野達と同じく制服で、光の加減次第では赤くも見える茶色い長髪（ちょうはつ）を後ろでまとめている。その髪（かみ）の一部に編（あ）み込みが入っているが、なんとなくめんどくさがりな感じがするから性格に合わない気がする。

だがやはり年頃（としごろ）の女の子なわけだし、特におかしいってわけでもないか。めんどくさくても身だしなみに気をつけるのは偉いよな。俺なんてあんまり気にしないからな。

「ところで、晴華ってのは名前だろ？　苗字（みょうじ）の方はなんなんだ？」

「あ、はい、えっと……」

「安倍晴華ね。なら安倍でいいか？　俺は伊上浩介だ」

「安倍。安倍晴華です」

「はい」

そんな風に自己紹介をしていると、向こうの話は終わったのか宮野たちがこっちを向いた。

「晴華、またそんな無愛想にして。もう少し笑ったらいいのに」

「いや。笑いたい時は笑うけど、笑いたくないのに笑うのはめんどくさい」

「まったく……」

宮野は仕方がなさそうにしているが、きっとそれがいつものことなんだろう。

「えっと伊上さん。彼女も悪気があって話さないわけではないので、気を悪くしないでいただけると……」

そして俺の方を向いてそう謝ってきたが俺はそんなことまったくもって気にしていない。

「ああ大丈夫。わかってる。正直、他人と話すのはめんどくさいもんな」

「ん、そう。話がしたければ他の人とすればいい。私はいや」

「そうか。まあ俺は別に気にしねえから話したくなけりゃあ話さなくてもいい。最低限の返事くらいはしてもらうけどな。言葉遣いも特に気にしなくていい」

「そう？　ありがとう」

安倍はそう言うと小さく頷いたが、それ以上の反応はない。

……ああ、これくらいだと楽でいいな。どうせすぐに別れるんだし、仲良くなる必要はないんだから。

「ちょっと晴華。あんたいいの？　そんな三級のおっさんをメンバーに入れても」

そんなことを考えていると、浅田が不機嫌そうな声で安倍に問いかけた。

「私は賛成」

「あら、珍しいわね。晴華がそんな積極的に言うなんて」

「この人は楽。ここで逃したらめんどくさい相手が入るかもしれない。それはいや」

だが安倍ははっきりと賛成を口にした。

どっちでもいい、とかそんな感じで答えると思ってたんだが、それは俺だけではなく仲間もそう思ったようだ。

でもまあ、こいつにしてみたら熱血漢みたいな奴が教導官になられても困るだろうな。

「それに、技術的にも問題ない」

「見たことないのになんでそんなこと言えんのよ」

「レポートは読んだからおおよそは。それに……ううん。なんでもない」

今みたいに何か言いかけてからなんでもないっていうのは大抵何かある時なんだが、なんだ？　安倍は俺の何かに気がついた？　調べたわけじゃないだろうし……。

まあ、無理に聞く必要もないか。

「それより、私は賛成。他は？」

「私はもちろん賛成よ。私から誘ったんだし」

「わ、私もです。あの時だって、伊上さんがいないと進めなかったかもしれませんし……」

安倍の言葉に続いて宮野と北原の二人も賛成を示すが、浅田だけは眉を寄せたまま何にも言わない。

「あとは佳奈。どうする？」

「う～……あああもう！　わかった！　わかりましたあ！」

「それじゃあ伊上さん。これから――」

よろしく、とでも言おうとしたのだろう。だが宮野のその言葉は途中で遮られた。

「でも！　正式にメンバーに入れる前に条件を出させてもらうから！」

「何言ってるのよ、佳奈」

「第二訓練場の設備を使って最低限戦えると判断できる結果を出しなさい！　それがあた

しが認める条件よ！」

「めんどくせぇ」

「ん、同意」

「だよなぁ。……と言うか、前回のダンジョンで戦えることを示したと思うけど？」

「それは一戦だけでしょ。ダンジョン攻略ってのは継続戦闘能力が必要になってくるんだから、どの程度連続して戦えるかが重要じゃない。それは前回の時にはわからなかった事でしょ？」

「まあ、一理あるが……やっぱりめんどくせえな」

継戦力を確かめるってのは必要なことかもしれないが、正直、認められようが認められまいが、それ自体は関係ないんだよな。

だって、もうチームを組んでるんだ。一度チームを組む手続きをすると、その日から三ヶ月は解散することができない。

なので、俺は浅田が認めなかったとしても、このチームでやっていくことになる。

「どうすんのよ？　受けるの？　それとも逃げるの？」

「逃げていいのか？」

「その場合はあたしはあんたを認めない」

「それでも多数決で言えば俺の加入はもう決まってるけどな」

「あーもう、うっさい！　受けるの？　受けないの？」

「はぁ……やるよ。やるやる」

　正直めんどくさいが、ここでやらなかったら後々文句が出てくるからな。今後の付き合いを思えば、ここで言うことを聞いておいた方がいいだろ。

「ふんっ、それでいいのよ。ならさっさと来なさい」

　浅田はそう言うと、スタスタと今いる訓練室とは別の部屋へと向かって扉を潜って行った。

「すみません伊上さん！　こちらから誘ったにもかかわらず実力を試すなんて失礼なことを言ってしまって……」

「ああいいって。あいつが言ってることも理解できる。これから一緒にダンジョンなんて命がけのところに入ってくのに、実力がわからないやつをメンバーに入れてるのは不安だ。この学校の施設なら、どの程度戦えるかを命をかけずに調べることができるんだから、チームの一員としてこの判断は間違ってないよ」

　ま、そこに個人的な感情が入っていないかってのはまた別だがな。

「そう言っていただけると助かります。すみません」

「謝らなくていいって。そうして女子に謝られてると、いい歳したおっさんが女子学生をいじめてるように見えるからさ」

「あ、すみません……」

そう言ってもなお申し訳なさそうな顔で謝っている宮野。

これ以上は何か言っても意味ないだろうなと判断すると、軽く息を吐いてから歩き出した。

「とりあえず、行くか。あまり遅れすぎると浅田に怒られそうだから」

そして俺たちは一旦部屋を出ると浅田の言っていた第二訓練場へと移動する。

ちなみに、今までいたのは人同士が戦うための第一訓練場で、こっちは機械相手に鍛える第二訓練場だ。

他に魔法をぶっ放すための第三だったり、障害物のあるそれなりに広さのある演習場なんかもあるんだが、まあそれはいいだろう。

第二訓練場の中に入ると、そこには天井から床までを繋いでいる太く大きな鉄柱があったり、プロレスなんかのリングみたいに四角形の台があってその四隅に鉄柱が立っていたりと、いろんな機械が置かれており、結構ごちゃごちゃした感じがする。

「使うのはこれよ」

そしてその中の一つ、さっき例にあげた四角形の舞台と、その四隅に鉄柱が立っている装置の前で立っていた。

どうやらすでに起動して設定を終えてあるみたいだな。

「あー、懐かしいな。……つっても、まだ四年ちょっとしか経ってねえけど」

「使ったことあるみたいね」

「まあまあな」

授業でも使ったが、それ以外にも一時期はほんのちょっとだがここに通ったもんだ。何度かやってコツを掴んだら、もういいやと来なくなったが。

「なら説明はいらないでしょ。さっさとやってちょうだい」

「それは構わないが、先に聞かせろ。どれくらい耐えたら合格なんだ？　武器や魔法に制限はあるのか？」

「十五分耐えなさい。それができたら認めてあげる。それから、制限はないわ。制限なんてかけたら、あんたはすぐに終わりそうだし」

この機械は十五分耐えれば一人前的な判断がされる機械だ。多分それを基準にしたんだろう。

問題は設定がどの程度かってことだが……。

「十五分か。まあその程度ならなんとかなるか」

そう呟きながらリングのそばに用意されていた刃引きした剣のうち一本を選んで手に取ると、それを持ってリングの中央に向かう。

だが、そんな俺の言葉や態度が気に入らなかったのか、すれ違った時の浅田の表情は不機嫌そうなものだった。

「始めてくれ」

浅田は俺の言葉になんの反応も示さずにただ無言で機械を操作した。

そして、ピーという音と共に四隅に立っていた鉄柱の一つからゴム球が飛んできた。

そのまま立っていればぶつかる軌道だが、あえてぶつかる理由はないのでスッと体を動かして避ける。

俺に避けられたことで背後に飛んで行ったゴム球は、そのまま進めば遠くへ行ってしまう。

だが、現実にはそうはならずに見えない壁に止められたかのように跳ね返り、コロコロと地面を転がった。

まあ止められたかのように、っていうか、実際に見えない壁があって止められたんだけどな。

そしてその球は外縁部にある溝にたどり着くと、その溝に沿って転がっていき、鉄柱へと回収される。

だが、それを最後まで見届ける前に新たな球が先ほどとは違う柱から吐き出された。

これはこういう装置だ。簡単に、すっっっっっっごく簡単に言えば、バッティングセンターみたいなもんだ。

飛んでくる球を返すか避けるかする。違うのはどれだけ打てたかではなく、どれだけ耐えられたのか、だ。

そしてもう二つバッティングセンターとは違うのは、飛んで来る球の設定が一定じゃないってことと、球の発射点が複数あるってことだな。

この装置、四隅を柱で囲まれているわけだが、その柱のどこから飛んでくるのかランダムになっている上、飛んでくる球も、速度、軌道、タイミング、全てがランダムなのだ。

加えて言えば、天井と壁に囲まれているので当然ながらバウンドする。

そして時間が経つごとに同時に出てくる球の数が増えていく。

これはそんな『前衛用』の特訓装置だ。

本来後衛である俺に使うようなものではない。

だが、俺はその吐き出される球の全てを避けていく。

「すごい……」

「まるで、攻撃(こうげき)がどこに来るか分かってるみたい……」

「……」

「な、なんでよ……。もう十分経つのに、まだ一つも当たらないなんて……」

「も、もしかして、どこに来るか機械の設定を知ってるのかな？」

「それはない。これは完全なランダム。ランダムでもパターンを出そうと思えば出せるかもしれないけど、それはそれであの人の能力」

「そうね。もし本当にそんなことができるほどの頭を持ってるのなら、三級だとか特級だとか関係なしに仲間にしたい能力よね」

宮野たちはそんな風に話しているが、これは別にランダムの設定を読んでいるわけではない。

ちょっと小細工させてもらっているが、俺の実力だ。

「でも……多分違う」

「え？」

え？　違うって……もしかして気づいたのか？　嘘(うそ)だろ？

「晴華ちゃん？　違うって、何がなの？」

「あの人が避けてるのは、ランダムのパターンを割り出したからじゃない」

「ハッキリ言うってことは、何か根拠があるの？」

「すごく綺麗」

「「「？」」」

宮野、北原、浅田の三人は気づいていないみたいだが、安倍は確実に気がついてるな、これ。

なんでだ？　見えないはずなんだけどな……。

「確かに踊ってるように見えるものね」

「違う。そうじゃなくて、魔力」

「魔力？」

「あの人が動くたびに、あの人の周りに魔力の粒が舞ってる。それが綺麗」

「魔力の粒？」

「……そんなの見えないわよ？」

「私も見えない……」

「すごく薄いから、多分魔法使い系でも普通は無理」

「でも、綺麗なのはわかったけど、それが避けてるのになんの関係があるのよ」

「……多分だけど、あの魔力の粒に当たると、当たったことがわかるようになってる」

「それは、えっと……つまり死角からの攻撃を潰せるってこと？」

「そうだと思う」

そんな話を聞きながら、俺は飛んでくる球を避け続ける。

時には持っている剣で弾いたりもするが、基本的には避けだ。

まあその避けるってのもカッコよくスタイリッシュに、ではなく無様に転がるようにして、だけど。

「これで終わりだな……あー、だりぃ。まじ疲れたぁ」

そんなこんなで避け続けていたのだが、そろそろ三十分は超えただろうと言うあたりでギブアップを宣言した。

「記録は……ああ、三十四分か。あと一分で切りがよかったんだが、まあいいか」

本気出して全力で頑張れば一時間……や、もうちょっとか？　気合出せば二時間くらいなら保つか。

だがこれは命がかかった戦いってわけでもないし、そこまでやる必要もないだろう。

「で、どうよ。十五分耐えたけど、まだ何かやるか？」

リングから降りた俺は、この前衛用の装置に挑ませた張本人である浅田の元へと歩きながら問いかける。

「……あんた、三級のはずでしょ？　なのにどうしてそんなに強いのよ」

「あ？　強くはねえだろ。今俺が戦ってたの見てなかったのか？」

「見てたわよ！　見てたから聞いてるんじゃない！」

そんな浅田の言葉に、宮野と北原と安倍……はどうだろうな？　まあ安倍はわからないが少なくとも他の二人はうなずいている。

「強くない？　どの口が言ってんのよ！　今の設定は私でさえ二十分程度しかもたなかった！　なのにあんたはどうして三十分も耐えてるのよ！　それで強くない？　じゃあ私はどうなんのよ！　あんたより弱いっての⁉」

浅田は俺が強いと言っているが、こいつらは勘違いをしている。

「……はぁ。まず言っておくが、強くないことと弱いことは別もんだ。強いってのはどんな危機でも乗り越えることができるやつのことを言うが、俺は危機なんて乗り越えられない。精々が危機から逃げ出すことくらいだ」

「だから強くない？」

「そうだ。危機を乗り越えることができないから『強くない』が、だからって死ぬほど『弱くない』。言っちまえば、俺は生存特化型の戦いをしてるだけだ。勝つも負けるも関係ない。ただ自分たちが生き残るためだけの戦いだ。純粋な戦闘力って意味なら、お前達の誰にも勝てないだろうよ……いや、だろうってか、確実に勝てない」

俺がそう言うと、四人は何も言えないようで黙っている。

とはいえ、そのままでは話が進まないので、俺は自分から切り出すことにした。

「で、俺の加入はどうだ」

「文句ない」

俺の問いかけに、なぜか安倍が返事をした。

こういう時に自分から進んで賛同するのは彼女の性格らしくないと思ったのだが、どういうつもりだ？

だがまあ、賛成してくれるんだったら問題ないか。

「そうか。なら――」

「ただし、条件がある」

「……お前もかよ」

「私にあれを教えて」

「あれ？」

「今やってた魔力の粒を出すやつ」

「あ？　……やっぱりあれが見えてたのか？」

「ん。薄っすらキラキラしてた」

「本来ならあそこまで薄くした魔力ってのは見えないはずなんだが……やっぱり才能かね」

　前衛の者は『感じる』って程度みたいだが、後衛の者は魔力を『見る』ことができる。だがそれもある程度の制限がある。

　上は限りはないのだが、『自分より少し下』以下の魔力量の相手だと、魔力を持っていることは分かっても、どの程度持っているのか分からないらしい。曰く、自分の魔力に慣れすぎて、それ以下のは区別がつかないんだとか。

　まあ俺はそんな経験はないので実際にはどんな感じかその感覚は分からない。だって俺、三級のクソ雑魚だし。大抵のやつが俺より魔力を持っているから、相手の魔力が自分より小さいから見えない、なんて状況にはならないからな。

『魔力は自分と同程度以上の強さの者でないと相手の魔力を感じることができない』

　そのこと自体は学校でも教えることだが、それを真に理解しているものは少ない。

　まあ実際、自分よりも弱い魔力の反応なんて見たところで意味ないからな。そんな自分に劣る反応もわからないようなカスみたいな魔力でやったことなんて、常に警戒していればなんの問題もなくくぐり抜けられる。

ただし、『常に警戒していれば』だけどな。

まあそれはともかくとして、普通は感じることも見ることもできない格下の魔力を見ることができたと言うのは、才能と言えるだろう。

魔力を感じ取る才能。それは魔法使いにとって重要なもので、安倍晴華という少女が将来大成することの約束手形であるとさえ言えるほどのものだ。

「まあ、構わないぞ」

こいつらが強くなることで俺にメリットがあるんだし、技術を教えることに否はない。

咄嗟の襲撃を防ぐことができるってのは、身体能力が前衛よりも劣る魔法使いにとっては重要なことだからな。

まあ、誰も彼も教えるってわけにはいかないが、仲間に教えるくらいなら構わない。どうせあと三ヶ月もすれば俺は冒険者を辞めるわけだし、戦い方がバレたところでどうでもいい。

それに、なんだ。……後輩に教えるってのも、悪くはない気がする。

「ありがとうございます」

それまでの態度とは違って礼儀正しくお辞儀をした安倍を見て、俺はわずかに目を見開いた。

だが、すぐにフッと笑うと、「おう」とだけ返した。

「で、お前はどうだ？　認めてくれんのか？」

そして、今度は浅田へと顔を向けて問いかけた。

「……る」

「え？」

「認めるって言ってんの！」

「お、おう。ありが──」

「だって仕方ないじゃない！　だってこんな結果を出されたら認めないわけにはいかないでしょ⁉　私だって前回あんたの戦いを見た時からわかってんのよ！」

「そ、そうか……」

「そうよ！　でも、三級のあんたを認めたら、今まで一級だからって調子に乗ってた自分が恥ずかしいじゃない！　だから、だから、だから私はっ──！」

勝ち気な眼で俺を睨みながら若干涙目になって叫んでいる浅田だが、それはそうしようと思っての行動ではなく、感情が止められないが故の行動だろう。でなければこいつがこんなことを言うとは思えない。

学生らしく青臭い感情であり少し子供っぽい気もするが、こいつらはまだ中学から上がったばかりの子供。そして思うままに感情を出すのは子供の特権だ。悪いとは思わない。

しかしまあ、とりあえずフォローしておいた方がいいか？ ……いいよな。

「お、あー……なんだ。確かに俺は三級だが、そんな俺でもお前が認める程度には強くなれたんだ。だったら一級の才があるお前ならもっと上にいけるだろ？」

「うっさい！ そんなの言われなくてもわかってんのよ！」

だが、慣れないながらもかけたフォローの言葉は効果があったとは思えなかった。

「み、見てなさい！ 私はあんたよりも強くなってやるんだから！」

「ああ。きっとお前ならできるよ」

それは本心からの言葉だ。

自身の未熟さを知り、認めることができる奴は伸びる。こいつは、今後成長していくだろう。その時に俺はそばに居ないだろうが、多分テレビかなんかで活躍を見ることはできるだろう。その時が少し楽しみではある。

「それじゃあこれからの予定を話さない？」

「あ、うん。そうだね」

「方針とかは決まってるのか？」

浅田は先ほど涙目(なみだめ)で叫んだのが恥ずかしいからか、俺とは目を合わせようとしないがそれでも誰も気にすることなく話は進んでいく。

「はい。一応後二週間程で夏休みに入るので、その間にダンジョンに潜(もぐ)って鍛えようかと思っています」

夏休みかぁー。まあ学生といえば定番だよな。夏休みと、それを台無しにする課題。

懐かしいな……ああ、懐かしいと言ってもこの学校の休みではない。ここでは俺たち短期学生に休みなんてなかったからな。

だから思い出すのは俺がガキの時の普通に学生やってた時のことだが、今思うともう少しいろんなことをやっとけばよかったなとは思う。

もし今の記憶(きおく)を持ったまま過去に戻(もど)れるんだとしたら、次はいろんなことをやりたいな。

あの時は課題とかクソじゃん、なんて思ってたが、今なら夏休みの課題だって楽しんでやれると思う。

ま、こんな世界になったって言っても、時間移動なんてできないから夢物語だけどな。

「夏休みか。何か課題とかあったりするか？　どこのダンジョンに潜ってレポート、とか」

「はい。一応それもありますが、できることならばレポート以外のダンジョンにも、ですね」

「レポート以外にも、ね。だが、まずは課題からこなしていかないとだな。先ばっかり見てると足を掬われるぞ」

「わかってます。そこで伊上さんにお聞きしたいのですが……えっと、この中で私たちにおすすめのダンジョンなどはありますか？」

宮野はそう言いながらポケットに入っていたスマホを取り出して画面を操作すると、それを俺に向けて見せた。

そこにはいくつかのダンジョンの名前が記載されており、それは夏休み中の課題として出されたダンジョンなのだろう。

「おすすめ？　……そうだなぁ。一応『小鬼の穴』は初心者におすすめというか、初心者の壁を越えるための場所って意味では行ったほうがいいところだけど、あそこはもう行ったからな……まあ、まだ慣れたとは言えないし、何度か通った方がいい場所ではあるか」

人型の生き物を殺すという経験は、普通の高校生には重いものだが、冒険者としてやっていくのであればかなり重要になってくる。

以前にも言ったが、戦闘中に敵を殺したからって怯むわけにはいかないからな。

ただ、それは最低限にしておくべきだろう。顔をしかめても構わないが、ひとまず吐かない程度になってくれれば構わない。

何せこの子達は多感な年頃だ。ある程度慣れる必要はあるが必要以上に〝慣れすぎる〟必要はないだろう。

「やっぱり、そうですか」

「ああ。そっちの安倍はこの前は行ってないしな。ただ、やっぱり最初は人型じゃないやつから慣らして行った方がいいと思う」

「具体的には？」

「……候補は二つ。一つは『鼠(ねずみ)の巣』だな」

「そんなダンジョンがあんの？」

話の中に先ほどまで黙っていた浅田が混ざってきたが、俺はチラリと視線を向けるだけで何も言わずに普通に話を進める。

「ある。洞窟(どうくつ)型の場所で、出てくるのは拳(こぶし)二個分程度の大きさの鼠だ。それくらいなら生き物を殺すことに慣れるだろ……まあ、問題がないわけでもないがな」

「その問題とは、どんなものでしょう？」

「敵が小さい」

あそこには俺も行ったことがあるが、技術がない奴が行くと大変なんだよな。覚醒したとはいえ、なんの武芸も習っていなかった初心者が、床を這うように走り回る何十という敵を倒すことができるのかと言われれば、難しいと言わざるを得ない。だからあそこは範囲を攻撃できる魔法使いがメイン戦力となるか、道具を使うかのどっちかが一般的、というかそれが正しい攻略法だ。

まあ、前回のダンジョンでの戦いを見た限りだと、こいつらならなんとかなりそうな感じもするけどな。

「技術があるやつ、範囲技を持ってるやつなら楽な場所だが、素人だとまず当たらない」

「ならもう一つは？」

「『兎の園』」

「……ねえ、名前からして嫌な予感がするんだけど？」

「まあ、そうかもな。こっちはこっちでやりづらいだろうよ」

「敵は兎ですか？」

「ああ。〝見た目は〟な」

「……なるほど。ならそちらの問題とは、兎を殺せるかどうか、ですか」

「ああ。人間ほどじゃないが、見た目的に殺しづらいだろ？　特に女子には不人気だ」

とはいえ、こちらは初見の時だけで、一度敵と戦えばそれ以降は割と普通に戦えるようになる。

「他にも候補はあるが……そうだなぁ。『人形の砦』なんかは倒しやすさでいったら倒しやすいかもな」

「出てくるのはやっぱり人形でいいわけ？」

「ああ。人間だけじゃなくて動物のもな。人形なら戦いやすいだろ。生き物の形をしてても所詮は人形だし。……ただし、他のところに比べると強い」

命がないから殺すことを意識しないで戦いに慣れることができるだろう。

だが命がないからこそ敵は無茶無謀な特攻を仕掛けてくるし、倒しきりづらい。

なのでこれも初心者向けとは言い難いかもしれない。実力があれば別だが。

「今の三つの中からだと、『兎の園』がいいのかしら？」

「そうだな。生き物を殺すってことに慣れることができるし、敵の見た目で惑わされないようになることもできる。他にも色々と学べる場所だ」

「兎だけ？」

ごく短い言葉で安倍が問いかけてきたが、これは出てくる敵の種類を聞いてるんでいいんだよな？

「出てくる敵か？」

「そう」

「ああ。一応兎だけだな」

「一応？」

「ああ。その理由は……いや、これ以上はお前達自身で確認した方がいいだろう」

あれは実際に情報で確認するよりも、自分たちで見た方がいい。むしろ、先に情報だけで知った気になると危険かも知れない。

……ああそうだ。せっかくだし、どうせなら前情報なしでやらせるか。こいつらならなんの情報もなくても死ぬことはないはずだし。

「それと、このダンジョンに潜る時は情報は集めない方がいい」

「なんでですか？　普通はある程度の情報を集めるものですよね？」

宮野の問いは当然の疑問だ。普通ダンジョンに入る際はそのダンジョンの情報をある程度調べるものだからな。

「まあそうなんだがな、このダンジョンは簡単だ。二級・三級だとちっと危ないが、お前らなら警戒してればそれほど危険じゃない。これから先、お前達はいろんなダンジョンに行くことになるだろうが、その中には情報のない全く未知のダンジョンもあるだろう。突発的（ぱってき）に発生した新しいダンジョンとかな。その時に情報がないから入れません、じゃあやっていけない」

「あの、えっと、つまり、予行演習、ということですか？」

「簡単に言えばそうだな。まあ、予行演習ってより、予習、の方が近いかも知れんが」

北原の言葉に頷いた俺の言葉に、チームメンバー達はそれぞれ顔を見合わせている。

だが、その視線は最終的にリーダーである宮野へと集まった。リーダーの判断に任せるということなのだろう。

「わかりました。ではそうします」

そうして宮野が頷いたのを確認すると、俺たちは次の話へと移った。

「――じゃあ次に集まるのは大体二週間後ってことでいいか？」

「はい。後日改めて連絡（れんらく）しますけど、夏休みに入った翌日にダンジョン前の管理所で待ち合わせでお願いします」

「わかった」

そして今日するべき話を全て終えると、そう約束して今日は解散となった。

「さってと、時間は……六時五十分か」

そうして学生たちは夏休みとなり、予定したダンジョンに潜る日となった。

俺は集合場所に行くために装備を担いで向かっているわけだが、七時に待ち合わせだからまだ余裕はあるな。

「あ、やっと来た！　おっそいじゃない！」

「あ？」

ダンジョン『兎の園』のゲート管理所の建物内に入ると、その瞬間に聞き覚えのある大きな声が聞こえた。

そちらを見ると、予想通りというべきか、俺のチームメンバーである浅田佳奈がこっちを見ていた。

遅いと言われても時間前に来たはずなんだがな……。

とりあえずメンバーたちに挨拶しておくか。

「おはようございます」

「お、おはよう、ございます」

「おはよう」

「ああ、おはよう」

俺が近寄ると浅田以外の三人は挨拶をしてきたのでそれに返すと、俺は浅田を指差して問いかける。

「で、さっきの遅いってのは？　まだ時間前だろ？」

　というか、なんか前と態度が違くないか？　気のせいってことはないと思うんだが……

まあいいか。

「すみません。ちょっと早く来過ぎてしまいまして……」

「早過ぎたって……初めての遠足ってわけでもないだろうに」

「私は初めて」

「安倍は、まあそうか。でもお前はそんな緊張するタイプじゃないだろ？」

「ん。佳奈に急かされた」

　急かされた、か。

「なに？」

「……いや、なんでも」

　浅田の方を見ると睨まれたので視線を逸らして正面を向いた。

「それよりどうする？　もう揃ってんだし行くか？」

「そうですね。私たちはもう準備も終わってますし、大丈夫です」

「なら、行くとするか」

そして俺たちはチームとして二度目のダンジョンへと入るべく歩き出した。

「草原ね。兎の園という名前からしてそんな感じはしてたけれど……」

「広い、ね」

ゲートを潜ると、その先には前回の洞窟とは違って一面の草原が広がっていた。

見渡す限りの草原はなにも遮るものがなく、太陽の光が世界を照らしている。

ここで寝たら気持ちいいんだろうな、なんて思わせる光景だが、それでもここはダンジョンだ。人ではなく化け物の領域。昼寝なんてしようものなら半日と経たずに死ぬような場所だ。

「……っ！　みんな、周辺の確認を。敵やおかしなものがあったら報告」

日本に暮らしていた宮野たちはこれほどの草原というものを見たことがなかったのだろう。あたりの景色に見惚れていたが、リーダーの宮野はハッと意識を戻してメンバーたちに警戒するように告げた。

しかし、しばらくの間周囲の警戒をしていたのだが、なにも異常はない。

「ねえ、どの方角に進むの？」

「……この何処かにダンジョンの核があるんですよね？」

「もしくは地下への入り口や建物な。まあどっかしらに草原以外の何かはある」

このままここにいても変わらないので先に進むことになったのだが、今度はどこに進めばいいのかという問題がある。

今回ダンジョンに潜るにあたって課題として出されたのは、指定されたダンジョンの中の一つでいいので、ダンジョンを構成している『核』を見つけることだ。

その核を壊せばダンジョンは徐々に崩壊し、最終的にゲートは消滅するのだが、ここは初心者の教育用にいい場所なので壊してはならないことになっている。あとはこの間の『小鬼の穴』もそうだな。あそこも教育用にとってあるダンジョンだ。

なので今回は本当に見つけるだけでいいのだが、その場所はこのダンジョンの情報を調べていない彼女たちにとってはどこなのかわからない。それ故に、どこにどう進めばいいのかもわからない。

「どうする？」

「って言っても特に目印とかないし、どうするもなにもなくない？」

「ヒントとか、ないよね？」

「ん、全部草原」

「とりあえず、ゲートから離れて正面に進みましょうか」

そうして進み始めたのだが、こいつら気付いてるのかね？

ここのような見渡すことのできるダンジョンを開放型というのだが、開放型のダンジョンではモンスター以外にも気を付けないといけないことがある。

気づいていなかったとしても今の時点でそれを言うつもりはないが、俺の方で対策はしておくか。

「っ、いた」

しばらく歩いていると、先頭を進んでいた宮野が小さく声を上げて俺たちメンバーを制止した。

「兎、だね……」

「あれが本当にモンスターなわけ？」

「ああ。まあ近寄ればわかるさ」

誰が行くのかってことになったのだが何かあってもすぐに対処できるようにと、この中で一番速さのある宮野が行くことになった。

「全然なにもないじゃん」

「まだ離れてるからな」

だが、あとほんの十メートル程度まで近づいたにもかかわらず〝兎〟はプルプル震えて

いるだけで動かない。

「あ、あれで離れてる、ですか？」

「ああ。あいつはこっちが気づいていなきゃ別だが、こっちがあいつに気づいてる時はほとんど触れるくらいまで近寄るか、攻撃を受けないとなにもしてこない」

こっちが気付いていなかったら問答無用で奇襲をかけてくるけどな。

「じゃあ近寄るとなにしてくんの？」

「それは自分たちで確認しろと言いたいが……ああ、ほら。その『何か』が起こるぞ」

そうして話している間にも宮野は〝兎〟へと近づいていき、警戒しながらも剣を振りかぶった。

が、その瞬間――

「きゃあああ！」

それまで震えているだけだった〝兎〟は、突如その姿を変えて宮野へと襲い掛かった。

しかし、ただそれだけなら警戒していた宮野があんな悲鳴を上げることもなかっただろう。だから彼女が叫んだ要因は襲われたことではなく他にある。

「……うわぁぁ」

「キモ……」

「なにあれ？」

「あれがここの『兎』の正体だ。普段は弱そうな姿に擬態して獲物のふりをして、近寄ってきた奴を擬態を解いて喰い殺す」

〝兎〟と宮野の様子を遠目に見ていた宮野以外の少女三人は絶句し、少しの間黙った後それぞれが感想を口にしたが、そのどれもが好意的とは言えないものだった。

それも当然だろう。先ほどまでは可愛らしい兎の姿だったのに、突然その姿が変異したのだから。

宮野に攻撃をされそうになった瞬間、〝兎〟はグパァとかニチャァという肉感的な音を出しながら頭部から腹にかけて裂けた。

そしてその裂け目から無数の細い触手を宮野へと伸ばした。

その雰囲気をたとえるのなら、まるでエイリアンのような感じだ。もしくはバイオなハザードに出てくる感じのアレ。

兎があんなのに変わったら驚くのも無理はない。そこに女だからとか男だからとかは関係ないのだ。実際、俺も初回は驚いたし。

「ただし、見た目の異常さのわりに攻撃力はそこまで強いわけじゃないから、二級程度なら怪我はするだろうが、三級でもなければ生き残れる」

それほどまでに三級ってのは弱いんだ。ぶっちゃけ、覚醒したとしても三級とプロの格闘家だったら格闘家の方が強いことさえある。

そんなことを話していると、敵を倒した宮野が戻ってきたのだが……

「えっと……これ、使う？」

「……ありがとう」

突然飛びかかってきたからか、もしくはその姿に驚いたからか、対応が少し遅れてしまっていた。

そのせいで、敵を倒すことはできたのだが、斬り殺した敵の残骸、なんか白寄りのピンク色のデロデロした流動体を体に浴びることになったのだ。

「あれがここの敵だ。近くで倒しすぎるとそうなるから気を付けろよ」

「はい……」

チームメンバーたちへとそう注意を促したのだが、実際に体験した宮野にとっては笑えないようで酷くテンションが下がっている。まあ俺もあんな状態になったら嫌だけどさ。

「……はぁ」

「え？」

「綺麗にしてやるから、ちょっと息を止めて動くなよ」

これは調べていればわかったことだ。

だが今回は俺がこのダンジョンについて調べるのを止めたせいでこうなった。それには理由があったのだが、こんな状態になったのは俺のせいとも言える。

だから、初回くらいは手を貸してやってもいいだろう。

というか、いくらダンジョンであまり人目がないとはいえ、こんなドロドロしたものを被った状態の女子高生と歩きたくない。なんかこう、あれな感じがするから。

俺は魔法を使ってサッカーボール程度の水を生み出すと、それを宮野の頭に向けて飛ばし、汚れを洗い流しながらそれを下へと移動させていった。

「これで終いだ。本当なら戦闘のための魔力が減るからあまりやらないが、初回くらいはな。こう言うこともあるんだと覚えて、次からは自分たちで対処しろ」

「わっ、綺麗になってる！」

「ありがとうございます！」

北原が驚きの声をあげ、宮野は頭を下げて感謝を示したが、俺は軽く手を振って気にするなと答えた。

「それで、先に進めるか？」

「はい！」

汚れが落ちたおかげで先ほどよりも元気な様子の宮野はそう返事をするとチームメンバーたちに声をかけて再び進み出した。

「さっきから奇襲ばっかり！　どうなってんの⁉」

「全然止まる気配がないわね！」

しかし、進み出したはいいがそれも順調とはいかなかった。

この草原、人が隠れるには心許ない草しか生えていないが、〝兎〟達が隠れるには十分なものだ。

初回とは違い、草むらに隠れていた敵を見つけることのできなかったチームメンバー達は、敵の奇襲を受ける羽目になっていた。

しかし、奇襲を受けると言っても本来はこんなに何匹もが同時に襲いかかってくることはない。精々が数分に一匹くらいなもんだ。

だが、今の状況は数分どころか数秒に一匹襲いかかって来ていた。

「どうして……？」

「そりゃあさっきの魔力のせいだな」

こんなことになっているのには理由がある。

それは少し前に安倍がやった行動のせいだ。

最初の発見以外は奇襲でしか敵に遭遇していなかったので、あらかじめ敵の位置を発見できるようにと、俺が以前見せた魔力を周囲にばら撒いてそれに触れたものを感知するという技を使ったのだ。

しかし、前に理論だけは教えたが、あれはそう簡単なものではない。

モンスター達はなんでも食べるが、基本的に内包している魔力の多いものを優先して食べる。それはつまり、魔力を求めていると言えるわけだ。

さあ、そこで問題だ。もしモンスター達が指向性のない馬鹿みたいな量の魔力を感じたら、どうなると思う？　その答えがこれだ。

強大な魔力を感じ取ったとしても、それに殺気や敵意や警戒心などの指向性があればモンスター達だって近寄ってこない。明らかに危険だからな。

だが、単なる魔力が放出されただけとなれば話は別だ。

現在はそんな魔力を感じ取った〝兎〟達が、ここを目指していろんなところからやって来ていた。

「ちょっとあんた！　見てるだけじゃなくて手を貸しなさいよ！」

「俺は基本的に見てるだけだって言ったはずだが？　それとも、この程度のことに対処できないのか？」

「ぐっ、舐めないでよね！　この程度、あたしたちだけでできるんだから！」

「そうか。なら頑張れ」

無限に襲い掛かってくるわけでもないし、この様子だと後五分もあれば終わるだろう。

死ぬことはないし、いい経験だと思って頑張ってもらおう。

「くっ、この！」

しかし、浅田は大槌という小回りの利かない武器を使っていることもあって兎達相手に戦うのは厳しいものがあるようで苦戦している。

北原は後衛を守るために結界を張り、その中から前衛二人を強化していて、安倍は結界の内側から炎を放っていた。

が、先ほど自分が魔力をばら撒いたことでこの事態を引き寄せたことを知ったせいなのか、どうにも大技を使って一掃することを躊躇している感じで小技しか使っていない。

「このままじゃ……」

俺は北原の張った結界の中から見ていたのだが、何やら宮野が何かをする気のようで、頭の後ろで縛っていた長い髪が揺らめき、たなびき始めた。……なんだ？

「佳奈！　下がって！」

何をするつもりだ、と思っていると、宮野は浅田に向かって叫び、一人で前に出て兎の群れの中に突っ込んでいった。まじで何をするつもりだ？

兎達の群れに突っ込んでいった宮野は何かしようとしたが、その前に兎達に飛びかかられて喰らいつかれた。

「くうっ、やあああぁ！」

まずい、助けるか、と思ったその瞬間、宮野の持っていた剣が発光し始め、何かが弾けたような痛々しい音と共に眩い光を放った。

なんだ今のは？　魔法か？

「くうっ！　……み、みんな、急いでここから離れるわよ！」

その指示は今の魔法によって兎達が追加で引き寄せられるのを警戒してのことだろう。

宮野が警戒するほど集まることはないと思うが、可能性としてはあり得るし指示としても間違ってはいないので俺たちはその場を離れることにした。

今の音と光の魔法はなんなのか聞きたいが、それを聞くのは移動した後でいいだろう。

「——やっと終わったぁ……」

「ハァハァ……。そう、ね……」

先ほどの戦闘の場所から走って逃げること五分。辺りに兎達の姿が見えなくなったところで俺たちは休憩を取ることとなったのだが、北原や安倍は地面に座り込み、浅田は自分の武器に寄りかかっている。

予想していた展開とは少し違ったが、それでもなんとかなったので良しとしよう。

「宮野、怪我はあるか？」

先ほどのことについても聞きたいが、それよりも先に状態の確認だ。あれだけの兎に襲われたとしても多分平気だとは思うが、確認は必要だろう。

そう思い、俺は立ったまま膝に手をついて息を切らしていた宮野に話しかける。

「あ、はい。平気です」

話しかけられた宮野は俺の問いに笑って答えた。どうやら本当に問題はないようだな。

「そうか。ならいいが、それじゃあ次だ。あれはなんだ？　見た感じでは雷系の魔法だと思うんだが、どうだ？」

あの時の音と光、あれは多分雷だったんだろうと思うが、あれだけの超常現象が突然起こるはずがない。あるとしたら魔法かそれ関連の道具だけだ。

「は、はい。そうです。まだあまり使いこなせてないんですけど……」

「剣士と魔法使いの両方の力か……」

めずらしいがいないわけではない。勇者と呼ばれるような奴らの大半は宮野と同じようにどちらの力も持っている奴らだからな。でもそうか。宮野が髪を伸ばしてるのはそれが理由か。魔法を使えるんだったら魔力の貯蔵用に髪を使うのは普通だからな。

……でもそうなると、こいつ本当に勇者になるんじゃねえの？

「自己紹介で言わなかったのは使いこなせないからか？」

まあ、勇者云々は置いておこう。宮野は自己紹介の時に「剣士だ」としか言わなかった。能力を隠したのは信用してないから、ってのが一番可能性が高いんだが、それは臨時チームだとよくあることだ。いくら組合に紹介されたって言っても完全に信用することなんてできっこないし、最初のうちは奥の手を隠している、なんてのはザラにある。

ただ、なんかこいつは信用していないってのとは違う感じがするんだよな。

「……はい。一応さっきみたいに使うことはできるんですけど、剣を振っている最中だとうまく使うことができないんです」

まあ、どっちも完璧にってのは難しいからな。日本人が英語を話しながらロシア語の筆記をするようなもんだし、頭がこんがらがるのは仕方がないだろ。

「なら、それも今後は鍛えないといけないわけか」

「……そう、ですね。はい」

？　なんか今、不自然な間があったな。それにこいつの態度もどこかおかしい気がする。

……いや、気にすることないか。どうせ冒険者なんてもうすぐ辞めるんだから、宮野が何を考えていようと、俺は教えられるだけのことを教えてればいいんだ。期間が終わったら関係が切れるわけだし、深く踏み込む必要はないだろ。

「なんで？」

宮野に感じた違和感に見切りをつけて他のメンバーを見回したのだが、いつの間にか立ち上がっていた安倍が、宮野との話が終わった俺の服を掴みながら問いかけてきた。

「何でって、兎達の事か？　それはさっきも言った通り、お前のばら撒いた魔力のせいだ」

俺たち後衛は前衛と比べるとそれほど疲れないとは言っても、それでも魔力を使ったことでの疲労感はあるはずで、もう少し休んでいたいはずだ。

それなのに宮野と俺の話が終わるなりすぐに聞いてくると言うことは、よほどさっきの現象が気になったのだろう。まあ途中で俺は「お前のせいだ」的なことも言ったしな。気になるのは当然といえば当然か。

「モンスターは肉や野菜も食べるが、内包してる魔力が多いものを好む。つまりは魔力を食べていると考えられるんだが、あれだけの魔力がばら撒かれたら、その反応を感じてよってくるさ」

「じゃあ……私のせい？」

「ああ、そうだ」

　俺が頷くと、先程の魔物の群れを引き寄せてしまったことが自分のせいだと分かり、安倍は今までで一番分かりやすいくらいに悔しげで悲しげな表情をした。

　女子高生にこんな顔をさせていることに罪悪感がないわけでもないが、これは必要なことだ。

　こいつらはみんな俺とは違って才能を持っている。だからこそ誰かが言わなくちゃならない。

「だから気を付けろ。俺がやったみたいに周囲の状況を確認するってのは大事だし、あの技は便利だ。だが、未熟な技術は自分だけじゃなくて仲間まで危険にさらす」

「……はい」

「ダンジョンの外に出れば、学校なんていう自分の力を磨く場所があるんだ。そこで鍛えて、十分に実戦でも使えると思ったら使えば良い。技そのものは便利なことに変わりはないんだからな」

「……わかりました」

「それと、俺の場合は水と土に関しての魔法しか使えないが、お前は火を使うんだろ？」

魔法使いはそれぞれ使える魔法に制限がある。

正確に言うなら魔法に制限があるのではなく、魔法の発現の仕方に差があると言った方が正しいか。

俺の場合は土と水で、安倍の場合は炎となっている。

適性外の性質の魔法も使おうと思えば使えるが、ものすごく燃費が悪く効果も落ちるのであまり使わない。強引に使おうとすれば暴発も起こり得るしな。

「だったら俺と同じやり方じゃなくて、敵の体温を識別する魔法とか使った方がいいと思うぞ。その辺もよく考えて試してみろ」

「……やってみます」

俺の言葉にしっかりと頷いた安倍を見て、俺はその肩を叩くと宮野達の方へと進んでいった。

「それじゃあ、そろそろ帰りましょう」

「そーねー」

「早く帰りたい」

その後は再び進み始めたのだが、現在の時刻は正午をちょっと過ぎたところ。

今日は昼までは進んで、そのあとは帰還ということになっていた。ダンジョン内を探索するだけならまだまだ余裕があるが、帰ることも考えると夕方まで進み続けると言うことはできない。

なので、今日はこれで帰るだけとなったのだが……。

「ね、ねえ。私たち、どっちからきたんだっけ？」

「え？」

キョロキョロと辺りを見回していた北原の言葉に、メンバー達は北原へと視線を向け、その後周囲に視線を巡らせた。

「えっと……あっち、よね？　だってあっちから歩いてきたんだもの」

「でも途中で戦闘したろ？　あの大連戦の時を思い出してみろ。あの後は走って逃げたが、お前らは本当に真っ直ぐ進むことができたか？」

「それは……」

俺の言葉に宮野が言い淀むが、それは彼女だけではなくチームメンバー全員同じだったようで、誰もなにも言えないでいる。

「ここみたいな開放型は位置の把握がしづらい。洞窟型や建物型なら道順を記憶すれば基本的になんとかなるが、道がなければ帰るのだって簡単にはいかない。絶対的な方向感覚や歩数を把握できてれば別だがな。授業で習わなかったか？」

「……習ったけど、それが身についていませんでした」

「だろうな。これを教えなかったら学校なんて何にも意味がねえ」

俺でさえ詰(つ)め込みとはいえ教えられたんだ。夏休みの課題としてダンジョンの探索を出してくるような学校が教えていないわけがない。

今回は俺が情報を調べるなって言ったのが原因だったってのもあるだろうが、多分前回のダンジョンが洞窟型だったことで開放型については頭になかったんだろうな。

「ここみたいな開放型の時は、道標(みちしるべ)を残しておくんだよ、ヘンゼルとグレーテルみたいにな。ただし、魔力のこもったものや食べ物はなしだ。食われるからな」

食べ物も魔力の塊(かたまり)も、モンスターからすればどっちもいい餌(えさ)でしかない。

「今回は発信器を適度にばら撒いてきたから、この反応を辿(たど)るぞ」

他にも地面に杭(くい)を打ったり、魔法で目印を建てたりしても良いが、俺としては金はかかるがこれが一番安全だと思う。

「すみません」

「良いさ。このために教導官なんてものがいるんだからな。それに、時間をかければ出られないことはなかっただろうし」

ここの兎、見た目はエイリアン的なゲテモノだが、食べられないことはない。このダンジョンは川もあるわけだし、遭難してもあれを食べてれば数日はもつはずだ。食いたいかと言われると食いたくないけどな。

「それじゃあお疲れさん。また明日も同じ時間にここに集合でいいんだよな?」

「はい……」

ダンジョンから脱出したあと、軽い反省会をしてからそう言ったのだが、チームリーダーである宮野はどこか落ち込んだ様子だ。

その原因は分かっている。今日のダンジョン攻略の不出来さのせいだ。

正直なところ、こいつらなら事前の情報を集めておけばもっと順調に進むことができただろう。今回苦労したのは俺のせいだとも言える。

だが、初回でうまくいき過ぎて調子に乗られるよりも、最初は苦戦しておいた方がこいつらのためだ。ダンジョンなんてのは命がいくつあっても足りないようなくそったれな場所だからな。慢心なんてしちゃあいけない。

正直三ヶ月で離れる俺としてはこいつらのことをそこまで考えてやる必要はないと言えばない。別れた後にこいつらが怪我をしようが死のうが、それはチームを抜けた俺には関係ないことだからな。

だがそれでも……誰かに死なれるのは嫌だった。

俺は俺が一番大事だ。死にたくないし、怪我もしたくない。

俺は弱いから卑怯な手も使うし、逃げることだって躊躇わない。俺は誰かを助けるなんてことはできない。自分一人が生き残るので精一杯だ。

だが……できることなら誰にも死んで欲しくない。それはこの子達だって一緒だ。

「最初の失敗はあるもんだ。それに、子供は大人に迷惑をかけるもんだ、気にすんな」

「あの、伊上さん！」

「あん？」

「明日からもよろしくお願いします！」

「ああ。三ヶ月間は、しっかりやってやるさ」

お前らが死ななくていいように、三ヶ月の間にできる限りのことを教えてやるさ。

二章　仲間が馬鹿にされて怒らないわけがない

「今日も無事終わったな」

「そうですね。初めての時と比べると結構良くなってきたと思います」

　夏休みもほとんど終わりに近づき、残りはわずかと言ったところだが、今日も今日とて俺たちはダンジョンに潜っていた。

「そうね～。けど夏休みも後少しで終わりかぁ……」

「佳奈、冒険以外の課題は終わってるの？」

「だいじょーぶ。そっちは夏休みに入る前に終わってるから」

「夏休みになる前にって……」

　浅田の言葉に宮野が呆れた様子を見せているが、俺も学生ん時はそんな感じだったな。授業中に書き取りだとか時間がかかる作業系のやつは終わらせる。

　あまり褒められたことではないかもしれないが、やっているだけマシだと思う。

「んじゃまあ、明日は予定通り冒険じゃなくて訓練室でいいのか？　浅田以外で宿題が残ってるやつがいるんならそっちやってもらって構わねえんだけど？」

そう尋ねてみたんだが、浅田以外の三人も首を横に振って否定してきた。こいつら宿題をちゃんとやっていたようだな。最終日間近でまとめるような奴らじゃなくて良かったよ。訓練ってのは大事だからな。まだ宿題が終わってなかったら教える時間が削れてたかもだ。

と、そこまで考えてふと疑問が湧いてきた。……なんで俺こんなに頑張ってんだろう？

いやまあ、死んで欲しくないとは思うし、そのためにある程度は手を貸すとは決めた。だが、始まりは嫌々だったし、ほぼ無理やりな感じでのチーム加入だった。それがここまで頑張るとは自分でも思っていなかった。実際、そこそこ適当に教えておしまいにすればいいと思っていたはずだ。

でも……

「なら明日は訓練室な。時間は九時だったはずだが、いつもの冒険時より遅いからって遅れんなよ。特に浅田な」

「なんであたしだけ名指しなわけ？」

「なんかそれっぽい感じがしたからだ。気にするな」

「気にするに決まってんじゃん！」

……まあいいか。最初は面倒だったが、今はこいつらの面倒を見るのはそんなに嫌じゃないし、成長するこいつらの糧になれてると思うと楽しく……ああ、なるほどな。

多分、俺はこいつらの糧になりたかったんじゃないだろうか。

うだつの上がらない凡庸で冴えない底辺で這ってるだけの俺も、将来大物になるであろう子供の役に立ててるんならそれは意味のある人生だと思えるから。

それに、こうしてこいつらと一緒に行動してると、自分も若返ったように思えて少し楽しいと思う。

……とは言え、それも後二ヶ月程度で終わる。その後は俺はチームから抜けてこいつらとはもう関わらなくなる。それはチームから抜けたからとかじゃなくて、その方がこいつらのためになるはずだから。

……だが、それまでは多少楽しんだところでバチは当たらないだろう。

――宮野　瑞樹――

学生である宮野瑞樹は、夏休み期間中である今日は昼まで寝ていようが何をしようが構わない日だ。

実際にはダンジョンに潜ったり体が衰えないように鍛えたりとする必要があるのだが、

それだって今日は予定を入れていない。

だというのに瑞樹は身支度をしっかりと整え、道具こそ持たないものの、まるでこれからダンジョンに行くかのように冒険者としての装備を身に着けていた。

「よし」

自身の格好を鏡で見て、なんの問題もないことを確認すると瑞樹は学生寮の与えられた部屋を出た。

「……あ」

そして待ち合わせ場所である多目的ホールへと向かうと、すでにそこには彼女のチームメンバーである浅田佳奈と北原柚子が待っていた。

「ごめん、お待たせ」

「んーん。あたしたちもさっき来たばっかだから」

「え？」

「何よ、柚子」

「え、えっと……」

「言いたいことがあんなら言いなさいって」

「その、ね？　私が来たのは十分前くらいだけど、佳奈ちゃん私より早く来てたよね？

それもくつろいでたようだったし、結構前に来たんじゃ……」

「そうだったの？」

「違うし。たまたまだし。ちょっと時計を見間違えて早く来すぎただけだし」

「けど、待ってたこと自体は否定しないのね」

「あ……」

　絶句し、言葉の止まってしまった佳奈の様子を見て、瑞樹はくすりと小さく笑った。

「佳奈ったら、そんなに楽しみだったの？」

「……ま、まあね。昨日柚子も言ってたけど、やっぱり自分の使ってる道具がどうやって作られるのかとかもう一度よく知っておくのもこれからの冒険に必要なことかなって。それにみんなを待たせるわけにはいかないから――」

「ねえ……佳奈ちゃんって、伊上さんのことどう思ってるの？」

「はあ!?　あ、あいつのこと？　なんでそんなこと聞いてくんの？　わけわかんない」

　女三人集まれば姦しいとは言うが、女性が集まると恋愛話となるのは冒険者といえど同じのようだ。

　柚子の問いかけに佳奈は慌てた様子で言葉を吐き出すが、瑞樹はそれが本心ではないと察していた。

浅田佳奈という少女にとって、伊上浩介という冒険者の男は、初めは『ただの気に食わないおっさん』というイメージだったはずだ。

人数不足だから仕方なくチームに加えたのだが、浩介への言動にはいちいち不満が込められていたのが分かっていたから。

しかも浩介は佳奈よりも階級が低く、チームに加えた、というよりは、チームに加えてあげた、という意識の方が強かったのだろう。

だが、一度話し合いの時間をとって学校内の訓練施設を使っての確認をして以来、佳奈は伊上浩介という男のことを意識し始めた。

そして夏休みの期間中に共にダンジョンに潜っている間に、『ただの気に食わないおっさん』という評価から明確に変わっていった。

その変化のことは佳奈自身も気づいていたが、同時に他のメンバー達も気づいていた。

だが、伊上浩介への印象が変わったのはなにも佳奈だけではない。北原柚子も、安倍晴華も、そして、宮野瑞樹も彼と最初にあったときの評価とは変わっていた。

「え、えっと……その、だって、佳奈ちゃん最初は伊上さんにあたりが強かったけど、最近は、なんていうか親しげな感じが……」

「そんなんじゃないって！」

「……本当に？」

「ほんとよほんと。……ってか、あんたこういう話の時は意外と積極的になるよね」

「う……だめ、かな？」

「いや、ダメっていうか…………ただ、まあ、もう少し浩介もなんとかならないかなとは思ってる、かな。私たちはあいつのことを名前で呼んだりしてるのに、あいつはいまだに私たちのことを苗字で呼んでるし」

「それは……そうね。最初の出会いっていうか、私たちの関係を思えばそれも仕方がないのかなって思うけどね。ある意味ではお互いに利用し合う関係なわけだし」

浅田佳奈にとって、伊上浩介とは最初は数合わせでチームに加えただけであったように、宮野瑞樹にとっても彼への考え方は同じだった。

瑞樹は相手が三級だからと見下しはしない。——しないが、事実として自分たちにはついてこられないだろうと思っていた。

それは差別だとかではなく純然たる事実であり、そのことは浩介自身も自分は一級のチームにふさわしい実力ではないと認めていた。

だが、それは伊上浩介という冒険者に下すには過小評価もいいところだった。

確かに三級という評価は変わらないのだろう。しかし、それを補って余りある知識と技術が彼にはあった。

本人は死なないためには必要だっただけ、などと言っているが、階級詐欺もいいところだというのが瑞樹の考えだ。

三ヶ月間だけのチームという約束だったが、彼女はそれ以上に一緒に活動して色々と教えて欲しいと思っているほどに、瑞樹は浩介のことを評価していた。

「でも、やっぱり壁があるのはなんかムカつく」

「そうだね……ねえ、やっぱり伊上さんってもうすぐ辞めちゃうのかな？」

「え？」

「だって、元々は伊上さんが冒険者を辞めるまでの三ヶ月間だけって約束だったでしょ？　それってちょうどランキング戦が終わるころだから、それが終わるまではいてくれると思うけど、終わったらどうするのかな？」

「辞める、んでしょうね、きっと」

「……なんでよ、あいつ、まだまだ戦えるじゃない。冒険者を辞める必要なんてないじゃない。まだまだここにいればいいのよ」

まだまだチームとして一緒にいてほしい。そこに気持ちの大小はあれど、それが彼女達の共通の想いだった。

「そうね。ランキング戦が終わったら、一度話をしてみましょうか」

瑞樹の言葉に佳奈と柚子が頷き、その話は一段落したのだが、その結果話は元の話題へと戻った。

「――それにしても、最初はあれだけ反発してた佳奈がそんなことを言うなんてね」

「そ、それは、その……うー」

言葉に詰まった佳奈は、唸り声を上げた後勢いよく椅子から立ち上がった。

「やめやめ！　こんなところで話してないで早く行こう！」

「あ、待って。まだ晴華が来てないわ」

「晴華？　あの子はまた……」

「多分、晴華ちゃんは部屋で寝てるんじゃないかな？　私、起こしてくるね」

「あ、待ちなさいよ。なら私も行くわ。あんただけだと時間かかりそうだし」

佳奈と柚子はそう言うと、最後のメンバーである安倍晴華の部屋へと走っていった。

「本当に、だいぶ変わったものね」

騒ぎながら走り去っていった二人……特に佳奈のことを見ながら瑞樹は呟いた。

「宮野さん、おはようございます」

だが、そんなふうに呟いた瑞樹に話しかける者がいたために、そんな思考はハッと切り替わり、瑞樹は話しかけてきた者へと意識を向けた。

「……天智さん？　どうしてここに？」

「生徒会の活動の一環として見回りをしているのですが、廊下で大きな声が聞こえたものですから。あまりはしゃぎすぎないように、と。夏休みといえど、全員が帰省しているわけではないのですから」

「……そうね。少々気が緩んでいたようです。ごめんなさい」

普段ならもう少し愛想のいい瑞樹だが、二人の間にそれ以上の話はなく、会話はそこで途切れてしまった。

「……ところで、以前にもしたお話、もう一度考えてもらえたかしら？」

「あの話は受けるつもりはないと、そう伝えたはずだったと思いますが？」

「ええ。ですがあなたの特級の才能はもっと上手く使うべきです。ですからもう一度考えて、と申し上げたのです。良い環境で鍛え、良い装備を纏い、良い仲間と共にダンジョンを攻略する。それがこの国のため。そして、あなた自身のためになるとは思いませんか？」

それがこの少女、天智飛鳥の持ちかけた話だ。つまるところ、チームを移籍しろと、そういうことだった。

瑞樹はそれを断っているのだが、それでも今に至るまで何度も誘われていた。

確かにその考え方自体は瑞樹にも分かっている。単独でゲートを破壊できるような実力者になりうる特級がチームを組んで活動したのなら、それはより安全に、より速く、より多くのダンジョンを潰すことができるのだと。

「……確かにそうかもしれませんね。私たちでは良い装備なんて揃えられないもの」

「そうでしょう？　ですから……」

「けれど、良い仲間と共にダンジョンを攻略するというのなら、私は今のメンバーたちのままでいいと……いえ、今のメンバーたちが最高だと思っているわ。だから、ごめんなさい。何度言われたとしても、私はこのチームを抜けてあなたのところへ行く気はないわ」

だがそれでも瑞樹はそれを『良し』とはしない。

天智飛鳥の考えを否定するつもりはないが、自分は今のチームこそが自分が最高のパフォーマンスを発揮できるチームだと思っているから。

「……最高？　今のチームが、ですか？」

「ええ」

「……安倍さんはいいとしましょう。彼女は少々やる気にかけるものの、その力は一級の中でもとび抜けています。上手く使っていけるのなら、力だけなら特級にも引けを取らずに戦えるでしょう」

飛鳥はそこで言葉を止めると、軽くため息を吐き出してから緩く首を振って話を続けた。

「ですが、粗暴で突っ込むだけしか知らない前衛と、敵に怯えて後ろで誰を治すべきか迷っているだけの治癒師は、最高とは言わないでしょう？　正直なところ彼女たちは足手纏いとなっているのではありませんか？」

「そんなことは――」

「加えて、最近は三級の外部協力者を教導官としてメンバーに入れたようですし、それが最高のチームだと、本気で言っているのですか？」

飛鳥はもう一度息を吐き出すと、仕方のない子供を見るような目で瑞樹を見た。

「わかりました。では、夏休みが明けるとランキング戦が行われますが、そこで勝負をしませんか？」

「……勝負？」

「ええそうです。私のチームがあなた方に勝てたのならば、あなたはこちらのチームに入ってください」

「……そんな誘い、のったところでメリットがないじゃない。むしろ、負けたらチームの移籍がある分デメリットしかないでしょ？」

「あら、最高のチーム、と言った割に自信がありませんの？」

「自信がどうこうじゃなくて、メリットがないって言っているのよ。無駄なリスクは避けるのは冒険者の基本でしょ？」

「……ならば、あなた方が勝ったのであれば、私の考え方が間違っていたとしてその後はあなたを誘うことはしないと約束しましょう」

「そんな誘いなんて、これからも断り続ければいいだけでしょ」

「……はぁ。受けてもらえませんか。でしたら、それに加えてなんでも一つ、あなたの言うことを事を聞きましょう」

飛鳥は譲歩していると思っているが、瑞樹からすれば頼みを聞いてもらいたいなんて思っていないし、正直なところ彼女のチームと争えば負けると思っていた。なので何があっても断ろうと考えていたのだが……

「これでも受けていただけないようでしたら、不本意ながらお父様にお願いしなければなりませんね。あなたのチームメンバーの方々がどうなるか、どう思うかはわかりませんが、それでもよろしいのでしたら、どうぞご自由に」

「……っ」

「何も言わないと言うことは、了承した、と受け取ってよろしいのですね？」

よくはない。だが、飛鳥の父親が誰だか分かっているだけに、ここで下手に逆らえば自分だけではなくみんなに迷惑がかかってしまう可能性がある。

故(ゆえ)に、瑞樹は反論することができずに黙(だま)り込んでしまった。

「本当は私とて、このような手は使いたくはないのです。ですが、これも仕方のないこと。……ランキング戦、楽しみにしております」

瑞樹はその場を去っていく飛鳥の背を見ていることしかできなかった。

訓練室にて連携(れんけい)の確認や模擬(もぎ)戦をしていたのだが、俺たちはそれを止めて休憩していた。

「――あー……ねえ、ちょっとあっち行ってきてもいい？」

まだ訓練を始めたばかりと言ってもいい時間なのに、なんでこんな休憩なんてとっているのかと言ったら、まともな訓練になっていないからだ。

そんな状態だからか、浅田はこの部屋にあるドアを指さしてそんなことを言ってきた。

「あっち？　……ああ訓練機の方か」

「うん。なんていうか、たまにはね。ほら、前に使ったのも結構前だし、今と前でどれだけ違(ちが)うとか気になるじゃん。ね？」

「まあいいけど……」

俺がそう答えると、浅田は宮野へと顔を向けて表情を歪めた後に北原へと視線を移した。

「柚子も来てよ。そんなミスなんてするつもりないけど、設定強めで行くから怪我するかもしれないし」

「え？　い、いいけど……」

「なら決まり！　晴華はどう？」

「私はいい」

戸惑いがちな北原の承諾を得た浅田は安倍にも声をかけたが、安倍はそれを断った。

「……そ。なら、〝よろしく〟ね」

「ん」

断られた浅田はスッと立ち上がると、どこか悔しそうな表情で俺に視線を送ってきながらそんなことを言った。その言葉には安倍が反応していたが、まず間違いなく今の言葉は俺に向けられたものだった。

「え、あの、瑞樹ちゃんは……」

「いいの。いくよ柚子」

宮野も誘おうとする北原だが、それを浅田が止めて強引に連れていった。

何もこれは宮野が仲間外れにされているとかではない。浅田の性格からして、嫌なことがあっても強引にぶつかって喧嘩するだろうしな。

だから浅田が宮野に声をかけることなく北原と出ていったのは、理由がある。

ここから離れると決めた時に俺のことを見ていたのは、その『理由』が関係しているんだろうな、とは思う。

「あいつ、意外と察しとか面倒見いいよな」

「佳奈はあれで子供好き」

そんな浅田の背を見送って誰に言うでもなく呟くと、安倍が反応してそう言葉を返してきた。

「……そうなのか？」

「たまに児童施設とかのボランティアに行ったりしてる」

「意外……でもないのか？」

髪を染めてるし、見た目や態度はなんかチャラい感じがするが、面倒見の良さを考えればおかしいと思うほどのことでもない気はする。

「それと……」

「ん？」

「私はこれから魔力の操作訓練に入る。すごく集中するから誰かが話しても気づかない」

どうせ訓練にならないんだったら自主練を、ってのは間違ってないんだが……なんだか突然だな。

「だから、そっちは任せた」

「ああ、なるほどな。安倍も、意外とお節介というか、やる気なさそうに見えて、やる時はやるんだな」

「それはコースケも同じ。そのために二人を行かせた」

「まあな。だがまあ、期待はするなよ」

「ん。期待してる」

そう言いながら安倍は俺たちから少し離れた部屋の隅へと移動し、そこに座り込んだ。

期待するなって言っただろうに、まったく……。

……さて、こんな時になんて言葉をかけたもんか。

浅田も安倍も普段とは違っていたのは、宮野の様子がおかしかったからだ。

なんというか、落ち込んでるってわけじゃないんだが、雰囲気が暗くなってる。敢えて言うなら思い詰めてる感じだな。

それが何故なのか分からない。浅田と北原が朝に会った時は普通だったらしいが、安倍を迎えに行ったあとに様子がおかしくなったらしい。

こうして俺と宮野だけが残った状態になったのは、三人が聞いても教えてくれなかったからお前がどうにかしろと俺に任せたのだろう。

俺としては女子高生の悩み相談なんてやった経験はほとんどない。精々が中学生の姪の相談を受けたのと、この夏休みにチームの奴らから相談を受けたくらいだ。

それを踏まえると、俺に女子高生の悩みを解決するってのは荷が勝ちすぎてると思うが、やらないわけにはいかない。

こんなはっきりと態度に出るくらいの悩みがある状態でダンジョンに潜っても死ぬだけだからな。

とりあえず、話してみないことには何も変わらないか。

「宮野」

「ごめんなさい。でも少しだけ待ってください。そうすればいつものように戦えます。みんなに迷惑はかけませんから、だいじょ――」

「強がるのは勝手だし、好きにすればいいと思う。が、チームに関わることは話せ。じゃないと、それがたとえチームのためを思っての行動だったとしても逆に迷惑になるぞ」

俺が声をかけた瞬間にこちらの顔を見ないまま答えようとした宮野だが、俺はその言葉を遮って話しかけた。

「……慰めてくれないんですね」

　ここで慰めたところで意味はない。なんで落ち込んでいるのか分からないのに何か言ったとしても、的外れなことを言うだけだからな。

「どうでしょう？　でも、多分すると思いますよ。伊上さん、普段は私たちから距離を取ってますけど、チームのためなら真剣に動いてくれる人ですから」

　今までの冒険の間も、仲良くなりすぎないように気を付けていた。

　それは女子高生との行動に慣れてないから、とか言っておいたんだが……そうか、距離をとってたのはバレてたのか。

「……そうか？」

「そうですよ」

「それはまあ、ありがたい評価だが……でもそうだったとしても、お前は慰めてほしいと思ってないだろ？　いや、そもそも悲しんでるわけじゃない。お前が感じてるそれは多分だが、怒りだろ？」

「……すごいですね、伊上さん。なんでもお見通しですか」

「分かり易すぎるだけだ」

「ですか」

悲しんでるだけにしては、あまりにも周りを寄せ付けなさすぎる。

思い詰めているんだとしても、体から漏れてる魔力は些か攻撃的すぎた。

そんな状態の宮野の感情は、俺でなくてもそれなりのやつなら気がつくだろう。

「で、お前は何を思い詰めてる？　何に対してそうも怒ってる？」

「……夏休みが明けて少しすると今度は体育祭があるんですけど、この学校の体育祭は冒険者育成学校らしいものになってまして……って、伊上さんもこの学校にいたんですからご存知ですよね」

俺の問いかけにしばらく黙った宮野だったが、ゆっくりと普段とは違って小さな声で話し始めた。

「体育祭？　ああ、そんなものもあったな」

正直体育祭と言われても印象にない。俺は、と言うか短期組は参加してないからな。参加していないって言うか、そんな時間がなかった。

「その体育祭……と言うかランキング戦で挑まれました」

「なるほどな」

「ですが、相手は私たちよりも上位のチームでして……」

「勝てる可能性が薄いってか？」

「……はい」

こいつらは学生にしては結構やる方だと思ってたんだが、それでも勝てないのか？

となると、相手にも特級がいるとかかね？　もしくは全員一級で連携がすごいとか？

まあこいつらもまだまだ新人だからな。負けてもおかしくはないか。

流石に俺みたいな奴はいないだろうから例外としていいだろう。全員が俺みたいな戦い方をするんだったら俺のアドバンテージとかなくなるからな。

「そもそも、なんでそんなふうに絡まれたのか、ってのは、聞いてもいいのか？」

「私が特級だからです」

「特級だから？　……自分のチームに入れって？」

「……はい」

「なら相手は、あの生徒会に入ってるとかいう一年か？」

以前俺がこの学校に来たときに、門のところで遭遇したお嬢様。あれは確か特級だったはずだし、宮野のことを自身のチームに入れようとしていた。今の条件に当てはまる相手だ。

そんな俺の言葉に宮野は小さく頷いたが、その様子はわずかに震えている。

「で、どうしたい……いや、俺にどうして欲しいんだ？」

宮野瑞樹という少女は強い子だ。それは才能という点だけではなく、心の方も強い。大抵のことは自分でどうにかしてしまうだろう。

そんな少女がこうして弱いところを見せているんだ。ならばその理由は、俺が聞いたからってだけじゃなくて、俺に何か頼みたいことがあるんだと思う。でなければ彼女はこんな風に話したりしないだろうから。

「お願いします。私たちを勝たせてください」

宮野はそこに来てはっきりと顔を上げると、涙の滲んだ瞳で悔しげに口元を歪めながらも、俺のことを真っ直ぐに見据えた。

「確かに、異世界と繋がるゲートができるようになったこの世界では、私の特級という才能は貴重なのかもしれません。彼女の言うことは間違っていないのかもしれないって、それはわかっているんです。けど、私は今のチームのみんなとやっていきたい」

口惜しげに吐き出される言葉とともに、宮野の瞳から滲んでいた涙がついにこぼれ落ちた。

「私はこのチームを最高だと思ってる。けど、天智さん達と戦って勝てるかって言われたら、何も言い返せなかったたっ……！　言いたかったはずなのに、そう思ってるはずなのにっ！　……それなのに言い返すことのできなかった自分が……すごく、腹が立つ」

だがそれでも宮野は気にしないで泣きながら感情を吐き出していく。

「それに、佳奈や柚子を馬鹿にされたのに何も言えないなんて、そんなのは悔しい……」

仲間を馬鹿にされて悔しい、か。……ああ、そうだよなぁ。許せないよな。仲間を馬鹿にする奴も、それを否定できなかった自分も。

「ん。よし、わかった。全力で協力しよう」

「――え？」

俺が協力を口にすると、宮野はそれまで溢れていた涙を引っ込めて、間の抜けたように俺を見上げている。

「どうした？　そんな惚けた面して」

「あ、いえ、その、こんな簡単に受けていただけるとは……」

「思ってなかったって？」

俺の言葉に無言で頷く宮野だが、まあ俺のこれまでの態度を見ていたらそう思うだろうな。

実際、こいつらは俺が距離をとってるのに気がついてたわけだし、こんな突然協力するなんて言ったら驚きもするか。

だが、俺にだって協力する理由ってもんがある。

そう大した理由じゃないし、すごく個人的な感情によるものだ。だが、俺にとっては大事なことだ。

「仲間を馬鹿にされて悔しかったんだろ？　そりゃあ当たり前の感情だ。仲間ってのは自分の命を預ける大切な存在だ。ともすれば、血の繋がった家族なんかよりも大事な奴らだ。そんな奴らを馬鹿にされて、怒らないはずがない」

ダンジョンなんて命をかけてるところで行動する仲間。それはある意味で家族以上の存在だ。

俺が今のチームとして活動する前に所属していたヒロやケイやヤス達は、俺にとって大事な家族に等しい。

仲間が悲しければなんとかしてやりたいって行動するし、嬉しいことがあったら仲間全員で馬鹿みたいに騒ぐ。それが冒険者にとっての仲間ってもんだ。

その思いはダンジョンに潜らなくなった後も変わらずに続いていくだろう。

冒険者にとって、仲間ってのはそれくらい大事なものだ。

だから、いかなる理由があったとしても、他人の仲間を馬鹿にする奴は気に入らない。

しばらくしたら辞めるんだからと距離を作ってる俺が言えた義理じゃないかもしれないが、それでも俺だって今はこのチームの一員だ。こいつらは仲間だ。仲間を馬鹿にされて黙っているわけがない。

「俺はお前のその怒りや悔しさを好ましいと思うし、誰かの仲間を馬鹿にする奴を凹ませてやりたいと思う程度には嫌いだ。だから、お前たちに協力してやるのもやぶさかじゃあない。元々そういう行事には協力するつもりだったしな」

「あ、ありがとうございます！」

宮野は未だ顔を涙で濡らしていたが、もうすでにその瞳からは涙は溢れていなかった。

「お前らはまだ子供なんだ。もっと大人を頼れ。……なんて、俺が言えたことじゃないかもしれないがな」

頼れって言っても、俺の方から距離を作ってたんだから頼れなかっただろうな。

「まあ、なんだ。悩みはあるだろうが、どうせこの後の人生で辛いことなんて山ほど待ってんだ。だったら、学生やってる今くらい、そうやって馬鹿みたいに笑ってりゃあいいんだよ。それは子供だけの特権なんだから」

「はい」

よし、なんとかなったな。

これで後はランキング戦とやらで勝つだけ……ああでも、真面目に教えるにしても、一つ聞いておかないといけないことがあるな。

「――ただし、言っておくことがある。俺について行った先に輝かしい勝利を見てるんだったら、それは幻想だ。俺は華々しい勝利なんてのは与えられない。できることは小狡く、小賢しく、卑怯に卑劣に貪欲に、ただ勝ちに行くだけだ。見ている奴は非難するかもしれないしお前たちを軽蔑するかもしれない。それでもいいのか？」

「……冒険者に必要なのは仲間を犠牲にして勝つことでもカッコよく負けることでもなく、這いつくばってでも生き残ることです。そう教えてくれたのはあなたですよね？」

言ったな。夏休みに入った初期の頃、前に出て敵に突っ込んでいく浅田が俺の教えを「カッコ悪い」と言ったときにそう言ったことがあった。

「あなたの教えを受けたのはたった一ヶ月程度のことだったけど、それでもその教えは私の中で『冒険者である私』を作る土台になっているし、そのことを間違いだとは思っていない。だから、今更その程度のことで迷うつもりはありません」

「……なら、勝たせてやる」

「はい！」

そう返事した宮野の顔は、もう最初にこの場所に来た時のような思い詰めているものではなかった。

「勝たせてやると言ったが、ルールを知るところからだな。それが分からなきゃ何もできん」

お手洗いに行ってくると言って一旦訓練室から出ていった宮野だが、その彼女も戻ってきたので早速話をすることにした。

「そうですね。まずは確認ですが、基本的なルールは知ってますよね？」

「知らん」

「え？」

「知らん」

宮野が目を丸くして呆けた顔で俺を見ているが、知らないものは知らない。

「……えっと……この学校に、通ってたんですよね？」

「通ってはいたが、俺は短期だからな。体育祭だランキング戦だってのがあったのは知ってるが、参加したことはない。つーかそもそもそんなことを気にする余裕なんてなかった。休日なんてなかったしな」

「……短期入学ってそんなにひどいんですか？」

宮野は顔をしかめているが……そうか、短期の酷さは知られてることじゃないのか。まあ校舎からして別だしな。

「酷いも酷い。ありゃあ人に勧めるようなもんじゃねえよ。前にも言ったが、一年間でできる限り詰め込むんだが、普通にやったんじゃ一年じゃあ全然足りない。だからできる限り時間を有効に使うために一年間三百六十五日授業だ。一応半休はあったが、まあそれだって週に一度あるかないかってくらいのもんだった」

俺たちみたいな三十を超えるくらいの後天性覚醒者は期待されてないってのは分かってるが、それでもあの扱いはひどいと思う。

「そんなわけで、通ってはいたが行事なんかにはトンと疎いんだ。精々が学校を出てから噂で聞いた程度だな。それだってダンジョンに潜る方が大事だったから特に調べたりとかしてねえし」

「そう、でしたか……えっと、なら基本から説明させていただきますね」

「ああ、頼む」

俺がそう頼むと、宮野はわずかに口元を緩めて笑った後に説明を始めた。

「ランキング戦は、一応体育祭と名前がついていますがその期間はおよそ一ヶ月の長期間に渡ります」

「一ヶ月って、そりゃあまた長いな」

「はい。けれど、ランキング戦には個人と班別の二つがありますから、一週間程度では終わらないんです。実力を測るという目的から考えると疲労状態での連戦もできませんし、その割に全員どちらかには参加しないといけませんからどうしても時間がかかります。とはいえ、一つ一つやっていたのでは時間が足りなくなってしまいますので、何チームかが同時に戦うことになります……あ、同時にと言っても、それぞれ別の場所で戦うので、一対一を何箇所かで、という意味です」

全員参加させるのは学校用事として最低限の体裁を保つためか？

体育祭って名乗ってるのに参加できないとなると一般市民がうるさいだろうからな。

にしても、ランキング、ねぇ……。

「そもそもだ、ランキングってのはなんなんだ？　いや順位を決めるのはわかるが、なんの順位をなんのために上げるんだ？　卒業後に大手のチームに入るためか？」

「ランキングの内容は単純で、強さを表していることになっています。それから理由ですが、一・二年生と三年生では目的が違います。三年生は伊上さんの言われた通り卒業後を見据えてですが、一・二年生はそうではありません。もちろん中には卒業後を見ている一・二年生もいると思いますが大抵の場合は違います。言ってしまえば、見栄のためですね」

「見栄？」

「はい。ここに来てる人はみんな覚醒しているじゃないですか。それで、そうなると、こう、勘違いする人が出てくるんです。自分は選ばれたんだ、って」

「けどここには『選ばれた存在』がいっぱいいるから自尊心を守るために、ってか？」

「はい。純粋にイベントとして楽しんでいる人もいるんですけどね」

それだけの理由にしては大掛かりすぎる気もするが、この学校は政府の手が入ってることを考えると、そうして順位をつけるのもその辺の意向なんだろうな、なんて勘繰ってしまう。競争させて冒険者の強さを引き上げる的な。

強い冒険者を育てるためなら、多少の『普通』から外れることも認めるってわけだ。

まあ、気持ちはわからないでもないけどな。覚醒していないお偉いさんからすれば、ゲートが増えるってのは危機を感じるだろうし。

「ふーん。まあランキングについてはわかったが、それで肝心の相手と戦えるのか？」

「……おそらくは対戦表をいじってくるかと思います」

「そんなことがただの学生にできるのか？　そういうのは普通教師が決めたりランダムだったりするんじゃないのか？」

「最終確認としては教師側で確認をしますが、基本は生徒会が対戦表を作りますから」

「なるほど。あいつは生徒会に入ってるんだったな」

「はい。普段ならこのような強硬な手段はとるような人ではないのですが……」

「ま、なんにしても対戦が確実だとわかってるんだったらいい」

対戦票をいじってくるんだったら、宮野と当たるために一回戦で当たるようにするだろう。でなければせっかくの舞台を整えてもどちらかが途中で敗退すれば台無しになるからな。

それでも宮野たちよりも向こうのほうが多く勝ち残ってれば自分たちが勝ったとも言い張れるだろうが……多分それはない。

あの時ほんの少し話しただけだが、あいつはそういうことで満足するようなタイプじゃないと思う。正面からぶつかって、それで認めるような奴……だと思う。

良く言えば真面目、悪く言えば融通が利かないやつだ。

違ってたらあれだが、今はその前提で話を進めるとしよう。

んで、作戦を練るわけだが、そのために知る必要があるのは相手の戦力だな。

そういえば、ランキングっていうくらいだから相手にも順位があるんだろうが、こいつらはどれくらいの順位なんだろうか？

「ちなみに今お前たちは何位くらいなんだ？」

「一年生だけで言うのならチーム順位は十五位です。一年全体が五十組程度ですから、どちらかというと高い方、という程度です。全体で言えば、百を下回らないくらいかと思います」

「まあ、上級生がいるんだったらそんなもんか。で、相手は？」

「……学年一位。全体で三十位です」

「さんじゅう……やべえな」

「はい……ですがそれは夏休み前の評価なので、今だったらもっと上にいけると思います」

一瞬だけ目を伏せた宮野だが、すぐにやる気に満ちた表情へと変わった。

「でもまあ、所詮は学生。さっきあんだけカッコつけて約束したんだ。勝たせてやるさ」

「はい！」

「とりあえず、細かいルールの続きだな」

「あ、そうですね。すみません話が逸れてしまって」

「いや、逸らしたのは俺だから。むしろこっちが悪いな」

そして宮野は一度咳払いすると、もう一度ルール説明の続きを始めた。

「ではえっと、基本ルールですが、簡単に言ってしまえば『宝探し』です。知りませんか？

五年ほど前から外部でも『アドベンチャーハント』って名前で公式戦として大会が開かれたりするんですけど……」

「あー、そういえばなんか聞いたことはあるな。見たことはないけど」

五年前ってーと、ちょうど俺が覚醒したり学校に行ったりしてクッソ忙しかった時か。

その後は一般で活動するようになったが、一般で活動するようになって三年は変わらずに忙しかったたし、その後だって毎回命がけでスポーツ観戦なんてする余裕はなかった。

休日は死んだように寝てたし、テレビだってまともに見られてなかったからな。見たのは……ダメだ、天気予報すら見てねえや。

ゲートが現れてから二十年。五年前だからゲートができてから十五年か。ならこんな競技ができてもおかしくない……いや、遅すぎるくらいか？

にしても、冒険ハントね……。冒険者の活動を指してるのか、それとも、そのまま冒険者を狩るって意味なのか……。

その後、宮野はルールの説明をしていったが、まとめるとこんな感じだ。

まず一チーム四～六人で編成される。

これは卒業後の冒険者としての活動を見据えてであって、外部の公式大会だと二・三十人とかのチームを組むこともあるみたいだが、学校ではそれは無し。

二つ目に、チームは自分たちの『宝』を定められた範囲内のどこかに隠し、お互いに相手の『宝』を探す。そして隠された相手の『宝』を見つけ出すことが勝利条件となる。

これは冒険者としての活動を表してるんだろうな。冒険者ってのは戦うだけじゃなくてダンジョン内で目的の品を回収することだってあるんだから。

三つ目が、チームは自分たちの『宝』がどこに隠されたのか書かれた紙を用意しないといけないってこと。

その際、チームメンバーの数に応じて『宝』のありかが記された紙の枚数が決まる。四人なら四枚。六人なら六枚と、人数と同じ数の紙を持っていなければならないそうだ。

これは……なんだろう？　人数が多ければそれだけ守らないといけないものも増える的な考えが元になってるのか？

まあいい。で、四つめに、リーダーは隠した『宝』から三十メートル以上離れてはいけない。

これはわかりやすいな。守るための訓練を兼ねてるんだろう。

冒険者ってのは基本的にゲリラ戦法をとるが、状況次第では何かを守りながらその場に止まって戦わないといけない。これはそのためのものだと思う。

最後に五つ目、敵チームを全滅させたとしても、宝を見つけない限りは試合は終わらないということ。だが、全滅と言っても相手を殺すってわけじゃない。当たり前だな。

ゲーム参加者には全員に魔法の道具を渡される。会場には致死の怪我を負うと自動で治癒の魔法をかける結界が張られていて、一回きりらしいがその道具の反応を頼りに治癒をかけるそうだ。で、一度発動すると道具の効果は切れ、それで退場扱いになるらしい。

そして時間いっぱいまでお互いに宝を見つけられなかった場合は残りの人数による判定で決まるから、実質的にチームの全滅は負けとなる。

これもわかりやすい。ゲームとして成立させる以上勝敗と時間制限を決める必要はあるからこんなルールになってるが、これは敵を倒しても探し物を見つけられなければ戦った意味はないという考えが元になってるルールだろう。

――話を聞いた限りだと、基本的にはよくできてるゲームだと思う。冒険者としての能力を鍛えつつ、ゲームとして成立させる。

これでいい成績を残せるようになれば、実際のダンジョンに潜っても死ににくくなるだろう。

……ああ、それでか。あの時桃園先生が行事で良い成績を残せば金が出るって言ってたが、確かにこれでいい成績を残せるほど成長するのなら、多少の金は出してもいいと思えるかもな。

　しかし、いくつか疑問もある。

「だがそれだと、いくら宝のありかを記した紙の数で調整してても人数差で不公平が出るだろ？」

「はい。けれど、卒業後の冒険を見据えての試合でもありますから、人数を揃えられなかった方が悪い、ということになるんです」

「なるほどな」

　だが、結構大掛かりだな。一対一を何箇所かって、そんな場所あったか？

　確かにここは田舎だし、学校の土地は広い。しかしながら、今の説明を聞いた限りだとそんな戦いをいくつも同時にやるには些か場所が狭いように感じる。まさか校舎を巻き込んでやるわけでもないだろうし。

「ゲートの中です。比較的学校から近く、危険も少ないダンジョンの中で行われます」

　そのことを宮野に尋ねたらそんな答えが返ってきた。

　確かにゲートの中なら広さは十分あると思うけど、安全面的に大丈夫なんだろうか？

「――あ」

「あ？」

　と、そこで宮野が何かに気がついたように声を出した。

「えっと……一応説明しましたが、詳しいものは学校のホームページに書かれていたはずですから、そっちを見たほうがわかりやすいかもしれません」

「ホームページ？　……ああ、あったな」

スマホを取り出して検索すると、宮野の言ったページが見つかった。だが……。

「……んー？」

「どうかしましたか？」

「んー……あー、ここに書かれてることだけじゃ分からないことがあってな」

「なんでしょうか？」

「まず一つ、『宝』がどこに隠された書かれたヒントの紙って言ったが、それは地図か？　それとも文字だけか？」

「文字と地図の両方です。宝のありかを示す紙は、その重要度が分けられてるんです。大まかな方角を記したものや、誰の近くにあるのか書かれたものなどですね。私も参加したことがあるわけではありませんが、昨年の試合を観戦してた限りでは地図には宝のある場所そのものが記されていました」

「観戦なんてあんのか……」

大会があるくらいだからそりゃあ観戦もあるか。ただ、ゲートの中でやるんだとしたらわざわざ撮影班とかくるんだろうか？

「……まあそれはいいとして、なら地図を奪われたらほぼ負けか」

「はい」

ならヒントの紙ってのは結構重要だな。それそのものが、ってわけじゃなく、それをどう扱うかってのが。細工をしてもいいし、囮にしてもいい。まあその辺は後で考えよう。

「二つ目、その紙の大きさはどれくらいだ？」

「一辺が四十センチ程度のものです。これくらいですね」

「結構でかいな」

「はい。加えて、多少の折り目や筒状に丸めるのなら構いませんが、折りたたんで所持することは認められていないので、持っていることを隠すことはできません」

確かに四十センチ四方の紙はでかいな。筒状に丸めるのならいいって言ったが、それでも結構でかいぞ。大体卒業証書の筒くらいの大きさをイメージすればあってるだろう。

「三つ、紙は必ずしも誰かが持ってなきゃならないってことはないんだな？」

「そうですね。チームメンバーの誰も持たずにどこかに隠す、ということもできます」

「ですが、紙には特殊な魔法がかけられているので、特定の魔法、もしくは道具を使えばどの方向にあるかわかるようになっています。それが宝のありかを示した地図なのか、それともおおよその方角だけが書かれたものなのかはわかりませんが」

「隠すこと自体は可能、と」

「はい。けれど、見つかったらすぐに奪われてしまいますし、紙が破れたり燃えたりして文字が読めなくなったらその所有者として設定されている人は退場となるので、どこのチームもあまりやりません」

でも本人が持っている必要はなく、隠すこと自体は可能か。

……地下五十メートルくらいに埋めたらどうなるんだろう？　それほど穴を掘るのは魔力が無駄になるからできないが、考え方としてはできなくもないはずだ。

「あ、それと、紙に書かれた内容はあらかじめ審判に見せて記録されるのですが、その時の内容を消して書き直すのは違反になります」

「……」

……なんとなくだが、勝ち筋は見えるな。

要は宝を奪われず、罠でも毒でも騙し討ちでもなんでもいいから相手をこっちと同数以下にすればいいってことだ。なら、それはいつもの戦いと同じだ。

違うのは殺しはなしってことくらいだな。戦うなら殺した方が楽なんだが、まあその程度ならどうとでもなるか。

後は一度相手チームの戦ってるところとか訓練の様子を見て、実際の大会でもいいからゲームの流れを確認して……

「あの……」

「ん？」

俺がゲームについて考えていると、宮野が若干不安そうな色を滲ませて問いかけてきた。

「勝てるでしょうか？」

「お前は仲間がバカにされたのが悔しかったんだろ？　バカにすんなって言ってやりたかったんだろ？」

「……はい」

「だったら、勝てるか、なんて弱気なことを言うなよ。絶対に勝ってやる。勝って、ざまあみろってバカにしてやる。私たちは弱くねえんだよ雑魚って言ってやるんだ、って、そう思えよ」

「あの、流石にそこまでは……」

「でも、勝ちたいんだろ」

俺の言葉に宮野は無言で、だが真剣な表情でしっかりとうなずいた。

「安心しろ。勝たせてやるって言ったんだ。勝たせてやるさ」

「ありがとうございます」

「なに、気にするな。お前らが勝てば俺への褒賞金も増えるからな」

そう冗談めいた口調で言って緊張を解そうとしたのだが……

「私はなにをすればいい？」

「うおっ⁉」

「きゃあっ⁉」

突然背後から声が聞こえたことで俺も宮野も驚きのあまりビクリと体を跳ねさせてしまった。

「おま、安倍……聞いてたのか？　訓練はどうした？」

「ちょっと休憩」

安倍はそれだけ言うと宮野のことを真っ直ぐ見つめた。

「正直、勝ち負けはどうでもいいけど、……瑞樹がいなくなるのは寂しい」

安倍には珍しく、少し恥ずかしがった様子で視線を逸らしてそう言った。

そんな安倍の様子に、俺も宮野も軽く笑ったが、それ以上に何かを言うこともなく動き出した。

「一度話をするから機械の方に行った残りの二人も呼んできてくれ」

「はい、わかりました！」

「離して」

俺の言葉に反応した宮野はスッと立ち上がり、すぐそばにいた安倍を掴むと歩き出した。

その際に安倍が気怠げな声で文句を言っていたが、宮野が彼女を離す様子はない。

「では伊上さん。よろしくお願いします！」

「……離して」

歩きながらこちらに振り向いた宮野はそう言うと再び前を向いて歩き出した。

だが、どうやら安倍の言葉は最後まで聞き入れられないようだ。

そんな様子に苦笑しながらも、俺はランキング戦とやらの準備のためにスマホを取り出す。

「ああ、ヤス？　ちょっと頼みがあるんだけど、今暇か？」

どうせ暇してんだろうなと思いながら電話をかけた先は、前のチームで共に活動していた仲間の、ヤスこと、町田安彦だ。

「そうか、ありがとう。……ん？　ああ、まあそれなりにやってるよ。ただ問題がないわけでもなくてな。ちょっと力を借りたいんだ。欲しいものがあってな。……ああ、頼む。詳しくはメールを送るからそっちを見てくれ。礼は今度女子高生付きで飯奢るから。ははっ。ああ、またな」

そうして電話を切るとヤスにメールを送り、俺は上を見上げながら息を吐き出した。

これで最低限の準備は整うだろう。

「さて、後は……ああ、来たのか」

次はゲームのプレイ動画でも見ようかと思ったんだが、それをする前に宮野が浅田達を引き連れて戻ってきた。

思ったより早かったな。多分ろくに説明もしないで連れてきたんだろうな。まあいいけど。

「勝たせる、なんてカッコつけちまったからな。ちゃんと勝たせてやらないとな」

それにしても、『前のチーム』か……。一瞬だけの場所だと思ったのに、やっぱり俺も存外今の状況を気に入ってるんだな。

三章　負けられない戦い

ランキング戦当日の朝。俺は自分たちが戦う会場であるゲートの管理所にやってきた。今日に至るまでやれることはやってきたつもりだし、策もいろいろと練ってきたから大丈夫だとは思うが……さて、どうなるかな。

「あ、おはようございます」

そんなことを考えながら歩いていると、管理所の正面入り口から少し離れた場所に宮野が壁に寄りかかっているのが見えたので、そちらに寄って行った。

「ああ、おはよう。他の奴らは？」

「控え室で待ってます。私はちょっと外の空気が吸いたくて」

「そうか。まあ緊張しすぎないようにな」

下手に言葉を交わしたところで余計に緊張するだろう。この子は放っておけば勝手に覚悟を決めて本番に挑める子だ。

そう思って俺は宮野に背を向けて歩き出した。

「あのっ！」

「ん？」

足を踏み出した瞬間に背後の宮野から声がかけられたので、俺は足を止めてそちらに振り返った。

だが、宮野は俺が振り返っても何も言わず……いや、言えず、か？　何かを言おうとしているのだが、それを言ってもいいのか迷っているかのように何も言わない。

それでも何か言いたいことがあるのは間違いないようで、俺は宮野が何か言い出すまで待ってみることにした。

そして、ついに決心がついたのか、宮野は俺を見据えて口を開いた。

「……伊上さん。どうしてあなたは壁を作るんですか？」

その宮野の言葉に一瞬ドキリとするが、元々こいつらには俺が距離を取っていることを気付かれていたんだ。何を今更と動揺を消す。

しかしその理由は試合前である今言うようなことでもないだろう。むしろ最後まで言わないつもりだし、誤魔化そう。

「……壁？　そんなの作ってなんか――」

そう思ったのだが、俺の言葉は途中で止まった。止めてしまった。

俺を見つめている宮野の瞳が、あまりにも真剣なものだったから。

……これで最後だし、いいか。

今日が終わってもあとしばらくは一緒にいるが、それでも今回のイベントが終わったら俺はこのチームを抜ける。

だったら、最後くらい教えてもいいだろう。

それに、ここで教えなかったらそのほうが集中を切らしそうな感じもするし。

そう考えて、はぁ、と小さくため息を吐くと、俺はなぜ俺が距離をとっていたのかを話し始める。

「重荷になるからだよ」

「重荷？」

「そうだ。俺はもう直ぐ冒険者を辞めるが、俺が辞めた後も、俺に迷惑がかかるってなったらお前は自分から厄介ごとを背負うだろ？　そんなのは短い間だが見てりゃあわかる」

こいつは勇者って呼ぶのにふさわしいくらいに優しいやつだ。

そしてそれはこいつだけじゃない。こいつの仲間、他のチームメンバー達もそうだ。

「だが、それは余分だ。冒険者なんてやってりゃあ人はすぐに死ぬ。そして、それは才能のあると判断されたお前たちにも当てはまることだ。いつ死ぬかわからない状況なのに、自分たち以外の者を気にしてたらそれは隙になる。世界中の人に助かって欲しいなんてことは願わねえが、せめて自分と関わった誰かには死んで欲しくねえ。お前らには、死んで欲しくねえんだよ」

死ぬ時は誰だって死ぬし、冒険者なんてやってればその確率も上がる。

冒険者なんて道を選んだ以上はそれを覚悟しているんだろうが、それでも俺は、俺の知り合いが死ぬのは嫌だった。

「それに、ダンジョンに潜ってて俺がどこかで死んだとしたら、お前らは、少なくともお前は心を痛めるだろ？　お前らは子供だ。そんな誰かの命なんて、背負う必要はねえんだよ。だから、俺みたいないつ死ぬかわかんねえ木っ端のことなんて気にしない方がいい。そのためには、できるだけ関わらない方がいいんだよ。関わらなきゃあ、俺が死んだとしても気にしなくて済むからな。どうせ三ヶ月だけだ。なら、できる限り親しくならない方が利口ってもんだろ？」

俺がそう言い切ると、その時には宮野の表情は険しく歪められており、口元は不機嫌そうに歪んでいた。そして……

「そんなの、意味ないわ」

いつもとは少し違った雰囲気でそうはっきりと言ってのけた。

「あ？」

「そんなの、もう意味がないって言ったのよ。関わらなければ気にしなくて済む？　バカなこと言わないでよ。もう十分に関わったでしょ。あなたが死んだら、私たちは悲しいのよ。変わんないの。今更関わりたくないとか言われたところで、関わらなかったところで、もうそれは変わらないのっ」

「……」

普段俺に話しかける口調とは違い、素の彼女の言葉が感情のままに俺にぶつけられる。

前にも思ったが、こいつらはまだまだ子供だからだろう。随分と青臭い事を言う。

だが、俺はそんな宮野の言葉を聞き、何も言えずに唇を噛んでしまった。

「っ！　……すみません、生意気言いました」

「……いや」

そこで宮野は自分の態度を思い出したのか、はたと謝ってきたが、俺にはそんな短い言葉しか返すことができなかった。

宮野と話をした後、俺たちは待合室へと向かい時間になるまで待機することにした。

待合室に入る時には、すでに宮野はいつも通りの笑顔で戻って行ったし、俺も表面上は

いつも通りを取り繕っていた。
だが、その内心はいつも通りとは言いがたい。そして、多分それは宮野も同じだろう。
「き、緊張してきた……あたし達、か、勝てるのかな……」
それでも時間は進んでいく。
これから時間になればゲートを潜ってダンジョンの中に入る。そしてお互いに配置につ
いてからゲームが始まるのだが、できるだけゲーム前の相手チームとの接触は控えた方が
いいので管理所の個室で待機しているのだ。
そして俺たちの対戦相手はもちろんと言うべきか、俺たちが予想していた通り天智のチ
ームと初戦で当たることになった。
いやまあ、予想通りってよりも、調査通りか？　……どっちでもいいか。どっちも間違
いじゃないし、どうでもいいことだしな。
俺たちは夏休みが終わる一週間前……今日から大体二週間ほど前に今回の戦いに挑むに
当たって、いろんな備えをしてきた。
戦術も連携も装備もそもそもの地力も、全部それ以前の宮野達とは別物になっている。
俺としてはここまで色々やってきたわけだし、完璧に……は無理でも七割方作戦が成功
すれば勝てると思っている。

だが、いかに自分たちが強くなったのだとしてもランク上は相手の方が格上で、さらにはこっちの切り札とも言える宮野と同じ特級が向こうにもいる。

書類上のスペックなら完全に相手の方が上だ。

そのことを知っているからこそ、普段は強気な浅田も弱音を吐いているんだろう。

だが、問題ない。あまりやりたくはないが、無理そうなら少し強引にでも勝たせてやるから。

しかしまあ、このまま緊張した状態ってのもよくないな……仕方ない。

「なんだなんだあ？　いつもはイキってるくせに、ここぞって時には逃げんのかあ？」

「は、はあ!?　に、逃げないし！　ただ、ちょっと聞いただけじゃん。ほら、試合が始まる前にチームのメンバーと想いを一つにするみたいなあれ！　あんな感じで確認しただけだし！」

「想いを一つにねぇ……」

「あんたも教導官なら気の利いたことの一つもないの？」

「んー、ならそうだなぁ……」

つってもなぁ……今回は教導官として一緒にいるが、もともと誰かに教えるってのは得意じゃないし、言う事っつっても特にないんだよなぁ。

「できることはやった。後はお前たちが頑張(がんば)るだけだ。お前たちならできる、とか？」

「……なんかそれ、どっかで聞いたことのある台詞(せりふ)なんだけど」

「こんなのは大抵(たいてい)言うことは同じなんだからどっかしらで被(かぶ)んだろ」

文句を言ってるが、浅田はもう平気みたいだな。

他の奴らも俺と浅田のやりとりを見て、そこそこには緊張が解(ほぐ)れてるみたいだ。

「真面目に言うなら、全力で敵をバカにしろってことだな。真面目に戦うな、裏をかけ。使えるもんなら親も友も知人も恩人もなんでも使え。卑怯(ひきょう)に卑劣(ひれつ)に騙していけ」

「……相変わらずだけど、教師の言うことじゃないでしょ」

「教導官なんて名前がついてるが、俺は教師じゃないんでな」

「でも、伊上さんは今回の戦い、勝てると思いますか？」

「ああ」

「即答(そくとう)、ですか……」

「当たり前だろ？　これまで勝つために用意してきたんだ。勝てる可能性は十分にある。これで負けたら、そりゃあ俺の作戦や指導のせいじゃなくてお前たちがミスったってことだ。能力だけで言うならお前たちは十分に上位だしな」

俺がそう言うと、メンバーの目にはっきりと力がこもった。この様子なら多少の緊張くらいならどうとでもなるだろう。

「そんなわけで俺は先にゲートのほうに行っておくが、向こうで会っても声をかけるなよ。それから俺のことを見るな。見る必要がある時はいやそうな感じの顔で仕方なく、って雰囲気を出せ。それじゃあな」

そんな指示を出しながら俺は部屋を出る。これも作戦のうちだ。

だがまあ、あいつらにはあんなことを言ったが、命がかかってないって言っても結構緊張するもんだな。

相手のチームにそんな緊張を悟られてはならないので、俺は部屋を出るとゆっくりと深呼吸をした。

そしていざ行かんと一歩踏み出したところで、部屋の中からチームメンバー達の声が聞こえた。

「……背中を押すならもっとわかりやすくやりなさいよ」

「あ、あはは……でも、伊上さんが私たちを認めてくれてるのは事実だよね」

「ん。負けられない」

「そうね。あんなすごい人が勝てるなんて言ってくれたんだから、勝たないとよね」

すごい人、ね……俺なんかより、お前らの方が十分にすごいと思うんだがな。

「……ねえみんな。私が原因でこんなことになっちゃって、ごめんなさい。けど、私はまだみんなと一緒にいたい。これからも一緒に冒険をしていきたい。だから、お願い。力を貸してください」

「そんなの、当たり前じゃん」

「今更」

「あ、あまり力になれないかもしれないけど、うん。頑張るから」

……さて、いくとしようか。緊張は完全に解れたわけじゃないが……ああ、いい感じだ。

「あら、宮野さんたち他のメンバーはどうされたのですの？」

「あ？　ああ、あんたか。あー、一応今日はよろしく」

ゲート前に行くと、すでにそこには相手……天智飛鳥とそのチームが完全に武装した状態で待機していた。俺に話しかけてきたお嬢様含め、相手チームも全員制服に学校支給の防具と武器を装備しているが、これはルールだからそうしてるだけで実際の冒険においてはもっと上等な装備を使ってることだろうな。だってこいつんち金持ちだし。

しかしなんだな。こいつらはゲーム前の接触を気にしたりしないんだろうか？

俺がヘラヘラと戦い前にはふさわしくない様子で笑いながら手を差し出すと、天智は眉を寄せたが試合前の礼儀だとでも思ったのか手を握り返してきた。

そして俺は天智のチームメンバー達にも同様に握手をして行ったのだが、見た目だけだと女子高生と握手したいだけのおっさんに見えないか、これ?

……いや違う、大丈夫だ。気にするな。

「で、なんだったか……ああ、あいつらはどうしたか、だったな。だがどうしたって言われても、知らんよ。俺はあいつらに嫌われてるからな」

「……嫌われてる?」

「ああ。あー……まあいいか。俺はな、元々あいつらのチームに入るつもりはなかったんだよ。教導官なんてめんどくせえことはするつもりがなかったからな」

実際にはどう思われてるかなんてわからないが、俺はいかにもどうでもいいことを愚痴るかのようにダラダラと話していく。

「ではなぜ今、宮野さんたちと行動を共にしているのでしょうか?」

「冒険者になると五年間はダンジョンに潜らないといけない縛り……通称『お勤め』があんだろ?　俺はそれを果たすためにダンジョンに潜ってたんだが、その五年も後わずかって時にチームが解散してな。まあ俺以外のメンバーはお勤め終わってたし、もう歳も結構いってたからな。仕方ねえっちゃ仕方ねえ」

話していくと、話を聞いていた天智の表情がわずかにだが不機嫌そうに歪められた。

自分が求めても組んでもらえないのに、俺みたいな奴(やつ)が組んでるのが気に入らないんだろうか？

「んでまあ、そんな時に試験だが病気で一人メンバーが足りないあいつらと会ったんだ。あいつらは数合わせでいいからメンバーを探してたが、その日は運が悪いことに同時に複数のダンジョンが見つかったせいで組合に人がいなかった。いたのは俺だけ」

「だからあなたと組んだと？」

ここまでの話、時系列としては多少前後するが出来事そのものに嘘(うそ)はない。

実際みんな歳いってたし、解散したのも本当だ。仮にこいつらが俺のことを調べてたとしても、そのことは間違いではないと分かるだけだ。

だが、ここからは少し違う。

さあ、真面目に戦う気のお前らには悪いが、ちょっと化かされてもらうぞ。

「ああ。こっちも人が必要だったからな。ただまあ、無理やりやらされてるだけあって俺はやる気がねえ。そんな態度が気に入らなかったんだろうよ」

「……それはわかりました。ですが、ではなぜ今も彼女たちはあなたと？　嫌っているのでしょう？」

「それが最初の契約だからだ。俺がお勤めを終えるまではあいつらのチームに入れてくれってな。その代わり数合わせとして参加してやるって」

「それであなたのような足手纏いを……」

天智はそんな俺の言葉を聞いて、それまでのように隠しきれずに滲んだ不愉快さではなく、明確に侮蔑の籠った眼差しを俺に向けた。

「おいおい、これでも年上だぞ？　足手纏いと思うのは勝手だが、少しは気ぃ使って外面だけでも敬意を払えよ」

「私が敬意を払うのは、それに値するだけの成果を出した方のみです」

「俺はダメか？」

俺は天智の言葉も態度も特に気にした様子もなく、いまだにヘラリと笑っている。そのことが余計に気に入らないんだろう。吐き出される言葉の語調が強くなっている。

俺のことが気に入らないにしてもちっとばかし短気が過ぎると思うが……俺にとっては丁度いい。いや、俺〝達〟にとって、か。

「ではお聞きしますが、尊敬に値するなにをなされましたか？」

「尊敬ねぇ……なんもねえな。ははっ」

「……ならば、私のあなたへの態度が変わることはありません」

「そうかい。そりゃあざん――」

「宮野さんたちがいらしたので失礼いたします。挨拶をしなければなりませんので」

俺が最後まで言葉を紡ぐ前に、これ以上は聞いていられないとばかりに、天智はたった今ゲート前にやってきて俺たちのことを遠巻きに見ていた宮野達の方へと歩いて行った。

「随分と嫌われたもんだな」

誰に言うつもりでもなかった単なる独り言だったのだが、それに反応した人物がいた。

「お嬢様は生まれもあって少々冒険者というものに真面目すぎるんです。失礼な点は多々ありますが、大目に見ていただけると助かります」

「あ？　……まあ子供の言葉だ。それくらいは気にするつもりもないが……誰だ？」

声のした方へと視線を向けると、そこには天智たちの後ろに立っていたスーツ姿の男がいた。

「失礼しました。私は工藤俊。天智飛鳥お嬢様の護衛兼教導官を務めている者です」

「……ああ、あいつの。そりゃあ大変だろうな。俺は伊上浩介だ。よろしく。――にしても、工藤俊か」

調べた通りではあるが、実際に会って自己紹介されるとため息を吐きたくなる。

「はい。……やっぱりわかりますか？」

「まあな。冒険者で『お前ら』を知らない奴は一度脳みその中身洗い流してもう一度詰め込み直したほうがいい」

そんな俺の言葉に、目の前の男――工藤は苦笑を浮かべている。

だが、俺からしたらそんな苦笑いで済むようなことではない。

事前に相手のチームについて調べてたから知ってたが、なんだってこんな奴がこんなところにいんだよ。護衛ってのは今聞いたが、お前は護衛をするような奴じゃないだろうが。

「特級冒険者の『白騎士』が、まさか子供のお守りをしてるとはな」

そう。こいつは世界で一握りしかいない特級の冒険者だ。確か歳は……今だと二十五くらいか？

俺のいるチームには宮野がいるし、今回の相手には天智がいるからそこらへんに溢れているように感じるかもしれないが、実際には特級なんてそう簡単に会えるものではない。

「そういやあ数年前に……三年前くらいだったか？　確かそれくらいに冒険者を辞めたって聞いたような覚えもあったな」

「はい。確かに三年前に私は冒険者を辞めました。……いえ、正確には辞めざるを得なかった」

「……怪我か？」

「どちらかと言うと呪いでしょうか？　一級の者に頼んでみたのですが……」

工藤はそう言いながら諦めたような笑みで緩く首を振った。

「私も特級だ『白騎士』だ、なんて言われて調子に乗っていたんでしょうね。少々油断してこのざまです。今では以前のようには戦えない」

「かの『白騎士』様がねぇ……」

呪いか……そればっかりはどうしようもないな。

怪我なら治癒師が治せる。時間が経って定着した怪我は階級の低い治癒師だと治せないが、特級の治癒師なら問題なく治せる。金はかかるが、こいつだって特級なんだからそれくらいは払えただろう。

だが、呪いとなると話は別だ。

呪いには冒険者と同じように三級から特級までの階級がある。加えて、さらに細かく分類されるわけだが、その呪いよりも階級がうえで、なおかつ扱う呪いの分類が一致している者ではないと呪いは解くことはできない。

今の話しぶりからしてこいつにかけられた呪いは特級。

しかし、今の世界には特級の解呪を行なえる奴はいない。

正確にはいることはいるのだが、滅多に表に出てこないのでいかに特級のこいつでも捕まえることはできなかったんだろう。

「ですが、私よりもあなたの方が有名ではないですか?」

工藤は、自分の話はもういいとばかりに話を次へと……ってか俺のことへと移した。

だが、俺は三級だ。特殊な力も何もない、ありふれた三級の冒険者。そんな俺が特級よりも有名とか、あり得ないだろ。

「そんなことねえだろ。俺は三級だぜ? 使える魔法の属性も普通。特級よりも有名になる要素が──」

「冒険者がダンジョンに潜る際、最初にそのダンジョンの危険性を調べるために先遣隊が送り込まれます。その先遣隊の軽い調査によってダンジョンの危険度は定められますが、それとて完璧ではない。稀に、調査結果による危険度とは違う危険度の場合があります。そしてその大抵の場合は──」

「定められた危険度よりも高い危険がまってる」

「──ええ。普通の冒険者はそれを経験済みであることは基本的にありません。何せ、それを経験すると言うことは死ぬということですから。ですが、あなたは違う。あなた方のチームは過去五年の間に三度も測定ミス──イレギュラーに遭遇しながら、チームメンバーの誰一人としてかけることなく、それどころか重傷を負わず、その場に居合わせた他のチームまで共に生還(せいかん)している」

「偶然(ぐうぜん)だろ」

「偶然というには、三度という数は些か多すぎるかと思いますよ
……確かに、こいつの話は間違っていない。

だが、あれは俺の力じゃない。生き残れたのだって、本当に偶然の要素が大きい。

「助けられたことはわかってる。誰が助けてくれたのかもわかってる。だけど、どうして勝ったのか、どうして生き残れたのか誰もわからない。絶対に生き残れる状況じゃなかったのに……。そんな狐(きつね)につままれたような、奇術(きじゅつ)の如き戦いをする男。ついた呼び名が『生還者(せいかんしゃ)』。あいつと一緒なら必ず生き残れる……なんて、界隈(かいわい)では結構有名な話ですよ」

界隈で有名っつったって、そりゃあごく一部だろうに。この辺の低位の冒険者の間だけの話のはずだ。

まあ一度だけ他所に行った時にイレギュラーに遭遇したこともあったが、それだってそんなに有名になるほどの騒(さわ)ぎにはならなかったはずだ。呼び止められる前に逃げたし。

つかなんだよその都市伝説めいた話は。

「随分と恥ずかしい話を持ち出すな。だがそりゃあ俺だけの話じゃないだろ。確かに俺が目立ってたかもしれないが、あれはチーム全員の活躍(かつやく)あってこそだ」

「本当に、そうでしょうか？　もちろんチームの活躍があったことは事実でしょう。けれど――」

「俊。なにをしているのです。それの相手をする必要はありません。こちらに」

工藤がそれ以上の話をする前に、宮野達との話を終えたのか天智が戻ってきて工藤の言葉を遮った。

だが天智はできる限り俺のことを見たくないのか、それだけ言うとすぐに振り返って少し離れた場所へと歩いて行った。

それ自体はまあいいんだが、今の反応、それと最初に話した時の反応からして、こいつは俺のことを教えていないのか？

「……あのお嬢様には話してないのか？」

「ええ。教導官とはいえ、何でもかんでも教えるわけではありません。時には自分で気づかないといけないこともあります。今回は情報を集めることの大切さですね」

「大変だな」

「まあそれなりに。ですがそれはあなたも同じでしょう？　やりがいもありますし、自分と同じような者が――」

「俊！」

「ああすみません。もう行きますね」

「早く行かないと怒られるからな」

再び話を遮られた工藤は、すまなそうに眉を寄せて謝った後、天智の方へと去っていった。

「生還者、か……そう大そうなものでもないけどな」

……だがそれは今は関係ない。

工藤が俺のことをあのお嬢様に話してないってんなら好都合だ。あいつの考えからして、この後教えるってこともないだろうし、ひとまずは気にする必要はないだろう。

まあ、全く警戒しないってこともできないが、少なくとも序盤はこっちの想定通りに進むはずだ。

ただ……

「あいつの相手をするのは骨が折れるだろうな……」

――天智　飛鳥――

『それではこれより第五期ランキング戦第三試合を始めます！　時間は二時間！　その間

に相手の『宝』を奪うか、制限時間経過時に相手をより多く倒していたチームの勝利です！』

ダンジョン内だというにもかかわらず、明るく場違いな声が響く。だが、今日に関してはその声も場違いというわけではなかった。

『今回は天智チームの方が開始時のメンバーが多いので、制限時間経過の際に残りメンバー数が同数だった場合、宮野チームの勝利となります！』

普段はないその声の他に、普段ならないはずのドローンがダンジョンの空を飛び交っている。

だがそれも、声と同じでその場にいる者たちは誰も気にしない。

『会場となっている範囲全体に治療用の魔法がかけられていますので、死んでしまうような大怪我を負っても即座に治ります。ですが！　一度発動してしまえばその場合は失格となってしまうので、各自速やかに退場をお願いします。他にも、気を失ったのが確認できた時点で失格になりますので、対戦相手の方はドローンに報告をお願いします』

それも当然で、今日は冒険者学校のランキング戦の日だ。

学生達はこれから先の自身の未来のために戦うが、この試合は、何も学生のためだけにあるものではない。

学生達が卒業した後に自分たちの所属に引き入れようと外部の者達も見ているのだ。

喩えるなら甲子園のようなものだろう。負けたとしても、才能があればスカウトされる。声もドローンもそのため。覚醒者ではない者をダンジョン内に入れることはできないので、代わりに機材を通しての放送を行なっていた。

そのため、ゲートから様々なコードがダンジョンと地球、二つの世界を跨いで伸びている。

『試合を棄権する場合は白い布を誰からでも見えるように掲げてください。それを確認した時点でそれ以上の攻撃を仕掛けた者は失格となりますので、お気をつけください』

この戦いは放送されている会場だけではなく有料サービスにて一般市民であっても視聴することができるのだが……それはこの場においては蛇足というものか。

『これ以上の詳しい説明その他もろもろのルールはパンフレットに書かれてますし、学校のホームページにも書かれていますから、詳しく知りたい人はどうぞそちらに！　それではみなさま準備の程をお願いします！』

もうすぐ試合が始まることがわかっているのだろう。これから戦う両チームは、それぞれの場所ですでに準備を終えて、今か今かと開始を待っていた。

『いきますよー！　三・二・一……試合開始！』

そして、ブザーの音と共に試合が始まった。

「では、あなたはこの場所にて『宝』の守りをお願いします。くれぐれも取られないようにお願いしますね」

「はい！」

先に動き出したのは天智飛鳥率いる六人組。どうやら飛鳥らは攻撃主体の作戦で今回の戦いに挑むようだ。

だが、六人とは言ったが、天智飛鳥と工藤俊という特級が二人もいるのだから、その二人だけで戦ったとしても並の相手であれば容易く終わるだろう。

「それと、俊はここに残りなさい」

「本当によいのですか？」

しかし、飛鳥はそれを良しとはしないで自分たちだけで戦うつもりのようだ。

「ええ。言ったでしょう？　ただでさえこちらの方が多いのに、相手の教導官は三級の怠け者。特級のあなたを使えば、大人気ないというものです。あなたの力で勝ったとしても、宮野さんは納得しないでしょう。今後のことを考えても、私たちの力を見せなければなりません」

今回の戦いは、飛鳥が宮野瑞樹を自身のチームに引き入れるための戦いだ。たとえ彼女達が負けたとしても宮野瑞樹以外の三名に冒険者を辞めることを強要したりはしない。勝負を挑むときに言った言葉は単なる挑発のようなもの。

だが、瑞樹を引き抜こうという考えは嘘ではない。そしてそのためにはただ勝つのではなく、自分のチームにいた方がいいと思わせるような戦いをしなければならない。飛鳥はそう考えていた。

故に、圧倒的な勝利を狙いつつも、自分以外のもう一人の特級という切り札を封じた状態で戦うことにしたのだ。

「……では、私はここで待機しています」

「ええ。ただし、『宝』が奪われそうになったのなら守りなさい」

「かしこまりました」

俊は軽くため息を吐き出してしかたなさそうに飛鳥を見ながら了承を口にしたが、その心の中では彼女達は負けるだろうと思っていた。

何せ向こうには自分とは違う『本物』がいる。三級でありながらも、特級の冒険者でさえ怯むような強敵を倒し、他者を助けてきた英雄。

そんな彼が指導しているのだから、勝てない。勝てたとしても辛勝。少なくとも今のままの意識では無理だろうと、そう考えていた。

「みなさん。私たちは敵の『宝』……おそらく宮野さんが守っているでしょうけれど、それを探しに行きますよ」

「「「はい」」」

だが、俊はそれを口にすることはなく、飛鳥達は宮野チームとその宝を探し出して勝利するべく走り出した。

「なに？」

俊と、宝の守護に残してきた一人を除いた飛鳥達四人は、しばらくの間は敵の位置におおよその見当をつけて適当に走り回っていたのだが、先頭を進むチームメンバーの制止によって足を止めた。

「天智さん。この先に反応があります」

「そう。思ったよりも早く見つかりましたね」

宝のヒントが書かれた紙には、特定の魔法を使った際にどこにあるのかわかる発信機のような役割が備わっている。

飛鳥達はその反応を見つけたのだ。

「どうしますか？」

「……とりあえずは接近して様子見をしましょう。罠の可能性もありますから。その際に気取られないように隠蔽の魔法を切らさないように注意してくださいね」

自分たちが敵の場所がわかるということは、敵からも天智チームのヒントの場所がわかるということだ。

だからこそ、天智はその場に長く留まることはせずに迅速に行動に移った。

そして反応のあった地点に向かうと、そこには浅田佳奈、北原柚子がおり、その二人から少し離れた場所で教導官の伊上浩介が木に寄りかかりながら立っていた。

「散開して合図と共に襲撃。それで仕留められるのならよし。逃した場合は追撃を。ただし深追いはせずに罠に気をつけながらお願いします。どこへ行くのか確認ができれば構いません」

「「はい」」

それを見て飛鳥はメンバー達に指示を出すと、メンバー達は佳奈達宮野チームの三人を半円状に囲んだ。

本当は全方位囲んだ方がいいのだが、相手の捜索範囲に入らないようにそれをすると時間がかかり過ぎるので、今回は速さを優先した形だ。

「三、二、……」

そしていざ襲撃を……。

そう思って武器を構えていた飛鳥だが、それは失敗することになった。

「お前ら逃げろ！　敵だ！」

襲撃するまで残りわずか一秒といったタイミングで、浩介が敵に気付き声を上げたのだ。

「っ⁉　気づかれたっ！」

浅田、北原ならまだしも、あんなやる気のない男が自分たちの隠密行動に気づけるはずがない。

と、そう思っていただけに、浩介が声を上げた瞬間に飛鳥は咄嗟に判断を下すことができなかった。

「ですがこのままでも――しまっ！」

僅かながら迷った結果、そのまま攻撃を仕掛けるべきだと判断し、そのことを他のメンバー達に伝えようとしたが――遅かった。

突如として飛鳥達の視界が炎に包まれたのだ。

「くっ！　この炎は……っ⁉」

宮野チームにおいて、攻撃の魔法を使うのは二人。そのうちの片方である浩介はあの場にいたが、三級の浩介にはこれほどの炎は生み出せない。

（あの場には安倍さんはいなかったはず！　なのにどうしてっ！　いえ、そんなことよりも、今は逃げられる前に――）

　だというのに自身の視界を覆い尽くすほどの炎を体験し、飛鳥は混乱してしまった。

「天智さん、二人が逃げました！」

　そんな飛鳥だが、無線からそんな声が聞こえるとすぐに意識をそちらへと向けた。

（二人？　二人同時に逃げたということは、恐らくは浅田、北原の二人。あの男は残った？それとも置いていかれた？　……どっちにしても、二手に分かれたのは事実。なら……）

　飛鳥は状況を理解すると、すぐさま判断を下し仲間へと声をかけた。

「三人で追ってください！　私は残りを潰してから追いかけます！」

「わかりました！」

　その際、今まで使っていた通信機ではなく肉声で叫んだのは、通信機を起動させる時間が惜しいというのと、通信機を通して小声で話すのではこの状況だとしっかりと聞き取れるかわからなかったから。それから逃げる者達を心理的に圧迫する意味もあった。

（あの男も一応は教導官。警戒するべき何かを持っている可能性はある。ならば、何をしても問題のないように私が直接潰すのが最善！）

　そう考え、近くにいるであろう浩介へと接近するべく、飛鳥は視界を覆っている炎を強引に突き抜けた。

すると、多少立ち位置や姿勢が変わっているものの、浩介は逃げることもせずにそれまでと同じ場所にとどまっていた。

なんらかの動きをしていると思っただけに、動いていなかったことに一瞬だけ驚きをあらわにした飛鳥だが、それでも即座にその驚きを鎮めて浩介へと持っていた槍を突き出した。

「よお、お嬢様。随分と荒い再会だな」

しかし、殺すつもりはなかったがそれでも一撃で仕留めようと足を狙った攻撃は、余裕を持たれたまま回避された。

まさか避けられるとは思っていなかった飛鳥は、ピクリと眉を寄せると反撃を警戒してその場を飛び退いた。

その時にはすでに飛鳥の視界を邪魔していた炎は消え去り、その場には浩介と飛鳥の二人だけが残されていた。

「……なかなかやりますわね」

「これでもダンジョンで四年も生き残ってきたんでな。危険を察するのは得意なんだよ」

「そのようですね」

だが、そうして話をしている間にも、浩介は飛鳥が武器を構えているのに相変わらず動こうとしないので飛鳥には浩介の考えが読めなかった。

一見するとゲーム開始前と同じようにヘラヘラと隙だらけの構えで立っている。だが、そんな男が先ほど自分の攻撃を凌いでいるのを飛鳥は自身の目で見ている。

何か隠し球を持っていて、下手に攻撃すれば反撃を受けるかもしれない。

飛鳥は浩介のことを気に食わないと思っているが、浩介の言ったとおり、彼がダンジョンで五年近く活動し続けてきたのは紛れもない事実なのだから、警戒せざるを得ない。

それでも飛鳥は負けるつもりはないが、この戦いは一対一の勝負ではないのだ。ここで浩介を倒したところで、自分が負傷するような状況になるのならばまずい。

それ故にしばらくの間お互いに動きを止めて見合った状態でいたのだが、仲間にはすぐに追いつくと言ったのに〝三級程度〟に足止めされている状況に焦り、苛立ち、飛鳥は状況を動かすためにグッと足に力を込め、走りだそうとする。

「で、これからどうするつもりだ？」

だが、その出鼻を挫くかのように浩介が飛鳥へと話しかけた。

「……あなたはこれからはどうされるおつもりですの？　あなたの仲間はいませんよ？」

そんなものは無視して仕掛けてしまえばいいものを、飛鳥は浩介の話に応じる事にした。

それは彼女の性格ゆえというのもあるだろう。だが、それだけではなく飛鳥自身が浩介のことが気になったのだ。

もちろんそれは恋愛方面や好意的な感情によるものではないが、それでも少し話をしてみようという程度には思えたのだった。

「そうだなぁ……一つ聞きたいんだが、いいか？」

「なんでしょう？　あなたを倒して仲間を追わなければならないので手短にお願いします」

「なんだ、聞いてくれるのか？」

「手短に、と言ったはずですが？」

話は聞くが、馴れ合うつもりはない。とでも言うかのような飛鳥の雰囲気に、浩介は肩をすくめると軽くため息を吐いてから口を開いた。

「なんでそんなに特級を……というか力を求めるんだ？」

「なんで？　そんなの決まっているではありませんか。国のため、そして、人類のためです」

それは自身に特級の才能があるとわかったときから飛鳥が抱いた夢。

ゲートを壊し、モンスターに襲われている人を助け、人々を笑顔にする正義の味方。

その夢を叶えるために飛鳥は努力をしたが、それでも成長するにつれ、自分一人では誰も彼もを、困っているすべての人を助けるなどできないということを理解した。

だからこそ、誰も彼もを助けるというその夢は、自分と同じ特級を揃え、チームを組んで安全に、迅速にできる限り多くのゲートを壊すという目標へと変わった。

「人類のためとは、また大きく出たもんだな」

「……あなたは今の世界の状況をわかっているのですか？　二十年前、突如としてこの世界とは異なる世界とつながる『ゲート』が現れ、そこから異形の化物たちが現れた。ゲートは放っておけば徐々に大きくなっていき、周囲を飲み込む。そして、それと同時にこちらの世界にどんどん化物を送り込んでくる」

「これでも冒険者やってんだ、それくらい知ってるさ。まあ、常識だな」

（なら、なぜそんなヘラヘラと笑っていられるのですか！）

自身が真面目に話しているにもかかわらず、それを真剣に聞いているようには思えない浩介の態度に、飛鳥は顔を顰め、槍を握る手に力を込めた。

（――ああ、苛立つ）

それが浩介と話している飛鳥の気持ちだった。

「ならばなぜ戦わないのですか？　冒険者という才に目覚めたというのに、国を守るため、人々を守るために、なぜ戦わないのですか！　この瞬間にも誰かがどこかで襲われているかもしれません。助けて欲しいと願っているかもしれません。私には、私たちにはそれを叶えることができる。助けることができる！　だというのに、なぜあなたは戦わないのですか⁉」

『夢』から『目標』へと変わった……変えざるを得なかったその道だが、それでも誰かを助けるという根本は変わっていない。

だが、浩介と話しているとそんな自身の想いさえバカにされているように思えてしまった。

「……なぜ？　なぜってそりゃあ――めんどくさいから」

「………めんどくさい？　そんな理由で戦わないと？」

あまりにも予想外すぎる浩介の言葉に、飛鳥の頭の中は一瞬真っ白になった。

それは理解できないことを言われたからか、それとも怒りか……。

「ああ。誰かを助ける。そりゃあ高尚なことだが、それを誰かに押し付けんなよ。誰もがお前みたいに強いわけじゃない。現に見てみろ。お前の特級の才能と、俺の三級の才能。これでお前と同じことを目標にして活動しろって？　そりゃあ無理ってもんだ。かっこよく自殺しろって言ってるようなもんだろ」

確かに浩介の言っていることも間違ってはいないと頭の冷静な部分は言っている。

だが、感情はそうではない。

ふざけるな。それは間違っている。

そう言葉にならない思いが飛鳥の頭の中で渦巻いていた。

「それでも！　そうだったとしても、できることはあるはずです！」

「かもな。でも、言ったたろ。お前の願いを他人に押し付けんなって。俺は誰かを助けられるようなやつじゃあない。自分が生き残るだけで、精一杯だ。それ以外にできることと言ったら、精々が友達や家族を生き残らせるだけ。それ以上は無理ってもんだし、できたとしてもやる気はない。人助けがしたいなら勝手にすればいい。俺は嫌だ。誰かを助けるなんてゴミみたいな願いを抱えたまま死ぬ気はない」

ゴミみたいな願い。

その言葉を聞いた瞬間、飛鳥の中で何かが切れた。

「……あなたとは、どうあっても意見が一致しないようですね」

「だろうな。才能を持った世間知らずなお嬢ちゃんには、俺の言ってることはわからんよ」

「ならば、これ以上の会話は無用。あなたを倒して先に進みます」

「……そうか」

そして二人は話を終えると、飛鳥は今度こそ仕留めるのだと覚悟を決め、少しの憎悪と怒りを込めて槍を握り締め、走り出す。

「負けました!!」

――が、飛鳥が走り出したその瞬間、浩介は両手を真上にあげてそう叫んだ。

「…………………は？」

「負けました！　俺じゃあお前には勝てん！　だから攻撃しないでくれ！」

飛鳥は攻撃に移る前になんとか攻撃を止めることができたが、走り出した足は止まることができず、仕方なく走った勢いのまま進路をずらして跳んだ。

そして着地後に先ほどまで自分がいた場所へと振り返ると、叫びながら情けなくも土下座をした浩介がいた。

「――っ！　どこまでっ……！　どこまであなたはわたしをバカにすれば気が済むのです！」

そんな浩介の様子を見てまたも頭が真っ白になった飛鳥だが、状況に理解が追いつくと怒りをあらわにして叫んだ。

「バカに？　確かにお前の願いはバカにしたさ。クッソくだらんものだってな。こっちまで巻き込むな馬鹿野郎って思う」

「このっ！」

「おっと、負けを認めたやつを攻撃するのか？　それ、ルール的にどうなんだ？　確か、降参して退場判定になったやつを攻撃したら失格だったよな？」

「ぐっ……！」

体を起こして話している浩介に向かって、怒りに任せて攻撃しそうになった飛鳥だが、浩介の言葉で未だ頭の中の冷静だった部分が体を止めた。

そんな飛鳥の様子を見てニヤリと笑った浩介は、正座から足を崩すと話を続けた。

「で、だ。まあ自分以外のやつにも強要しようとしてるお前の願いをバカにはしたが、その実力までバカにしたつもりはない。特級のお前と、三級の俺。その実力差は明白だろ？　戦う？　バカ言え。そんなのは戦うまでもなく誰もが勝敗の予想ができる」

「……それでも、戦う気概というものはないのですか？　プライドはないのですかっ？」

「ない」

はっきりと言い切られたその言葉を聞いて、飛鳥はグッと拳を握り締め、歯を食いしばるが、そんなこと知ったことかとばかりに浩介は話を続ける。

「痛いのは嫌だ。苦しいのは嫌だ。悲しいのもつらいのも嫌だ。戦う気概？　俺は自分が生きて、何事もなく無難に平穏に終われば人生それでいいんだよ。プライド？　はっ！　そんなもんは自分が楽に生きるためには必要ないもんだ。とっくの昔に捨てたよ」

「…………そう」

「ああ――っ！」

もはや最初に感じた僅かな敬意も消し去った飛鳥の静かな頷きに浩介も頷きを返したのだが、その直後、浩介の横――一メートルも離れていない場所に、大地を抉るような、常識ではあり得ない威力の突きが放たれた。

その際に発生した衝撃波によって浩介は体勢を崩したが怪我はしていないようだ。

「当ててはいません。ですが、すぐに去りなさい。あなたのような者を見ているだけでも不快です」

これでも衝撃波は届いていたのだから失格になるかもしれない。

そうわかっていても、飛鳥は何もせずにはいられなかった。

「そうかよ。だが、ちょっとここで休憩させてもらうぞ。最初のお前らの奇襲で足を痛めてな、しばらく休んだら外に行く」

「好きになさい」

「ああ。……っと、これ持ってけ。しょぼいもんだが、一応欲しいだろ？」

浩介は腰の留め具から筒を取り外すと、それを飛鳥へと放り投げた。

『北側』

無言のまま飛鳥が受け取ったその筒の中にはヒントの記された紙が入っていたが、たったそれだけの文字が書かれていただけだった。

「もう二度と、あなたの顔を見ないことを願っています」

そう言い残すと、飛鳥はその手に浩介から渡された紙を持って走り去っていった。

「……なんとか、上手くいったか。そんじゃあ、〝次〟の準備をしないとな」

浩介は最後にそんなことを呟いたのだが、それはすでに走り去っていた飛鳥には聞こえなかった。


――浅田　佳奈――


「こっちを見つけたみたいだ」

ゲームが開始してから、宮野チームは即座に行動を開始した。

だが、それは天智チームのように攻撃に出るのではなく、もっと違う動きだった。

「そ。じゃあこっちも準備しないとね」

「っつっても、準備なんて特にすることないだろ」

「そ、そうですね。もう終わってます、から」

「まーね。でもほら、気構えっていうの？　そんな感じのやつ」

現在、宮野チームの浅田佳奈、北原柚子、そして伊上浩介の三人は、森の中でもやや開けた場所に陣取っていた。

ここならば周囲に木がないので、襲われたとしても接近される前に気がつけるだろうという場所だ。

「にしても、それ卑怯じゃないの？」

「卑怯で悪いのか？　できること全部をやるのが冒険者だぞ？　それに、お前たちも承知しただろ？」

「まあそうなんだけどさぁ……」

浩介の言葉に佳奈が言葉を返しているが、それには呆れが含まれていた。

「電波は単なる隠蔽の魔法じゃ防げない、か。確かに、やられたらかなりキツイかもね」

「よ、よく天智さんにつけられましたね」

「まあものはやりようってな。なにも俺自身が手を使ってくっつける必要なんてないんだから、どうとでもなる。極小の魔法を使ったりな」

浩介はこのゲームが始まる前、天智チームと握手をしたときに魔法を使って相手の靴に発信機と盗聴器を仕掛けていた。

「普通はそんなことできないもんでしょ」

「バカ言うなよ。俺みたいな三級にできるんだ、誰だってできるさ。できないなら、そいつらは努力が足りてないだけだ。必死になって鍛えれば、誰だって俺くらいにはできる」

「その必死にってのがキツイと思うんだけど？」

「きついなんて言ってっからできないんだよ。一つ失敗すれば死ぬんだぞ？　それも、自分だけじゃなくて仲間ごとだ。自分の犯した一つの失敗で、仲間が死ぬことになる。そんな馬鹿げたことが嫌なら鍛えろ、備えろってだけの話だ」

浩介の言葉は正しい。

だが、だからといって実際にそうできるものがどれほどいるだろうか？

必死になる。言葉にすることはとても簡単だ。

だが、大抵の者はその言葉通りに行動することができない。どこかで甘えが入り、これくらいならば、と手を抜いてしまう。

しかし、それでは死んでしまうんだと浩介は自身を追い詰め、病的なまでに鍛え備えた。

「……あんたはさ、やっぱりすごいよね」

だが、そのことをなんでもない当然のことのように言っている浩介を見て、佳奈は真剣味を帯びた声音でそういった。

「なにがだ？」

「それって、やっぱり普通の人はできないことだもん。そんなことを普通の当たり前みたいに言っちゃえることが、それから本当に実行できることがすごいって言ったのよ」

「そんなもんかね……」

「そんなもんよ」

浩介としてはただ自分が死ぬのが嫌だから、自分の周りの誰かが死ぬのが嫌だからという逃(に)げの感情から備えてきただけだから、自身の『すごさ』というものをよくわかっていなかった。

「っと、雑談はこの辺にしておくとしよう。そろそろ近づいてきたぞ」

「りょーかい。じゃあ、作戦開始ね。……柚子ぅ～、失敗しないでよ？」

「だ、大丈夫(だいじょうぶ)だよっ……多分」

手元の発信機を見ていた浩介の言葉を聞き、佳奈と柚子はそれぞれの武器を握りしめ、頷いた。

「そこははっきり大丈夫って言いなさいよ」

「だ、大丈夫！　……かも」

「ま、失敗したところで今ならまだどうとでもなる。気負わずに行け」

「はいっ！」

「はーい」

そして、それぞれが作戦通りの配置についてからしばらくすると、発信機がすぐそばまでやってきた。

「来たぞ。合図をしたら行動開始だ」

そして、浩介は天智チームに仕掛けた盗聴器から聞こえる声を頼りにタイミングを図り
――叫ぶ。

「お前ら逃げろ！　敵だ！」

そして叫ぶと同時に浩介はあらかじめ仕掛けておいた罠を起動する。

すると、現在浩介達のいる少し開けた場所と木々の生えている場所の境辺りに、炎の壁が出現した。

浩介が叫んだこととその炎の壁のせいでタイミングがずれたとはいえ、それでも敵が使おうとしていた技は途中で止まることはなく、壁を突き破って浩介達を襲った。

「っつ～～～！　いくら死んでも死なないからって、初っ端からこんな大技使う⁉」

「佳奈ちゃん！」

「オッケー！　逃げるよ！」

　しかし、タイミングがずれ、判断に迷い、さらには視界を塞がれている状態で正確に攻撃することはできず、天智チームの攻撃は轟音をたてながらも全て外れることとなった。

「柚子、大丈夫?」

「うん。大丈夫。まだ平気だよ」

　攻撃の規模こそ予想を上回っていたが、それでも他は作戦通りに行っていた。

「後は……やっぱ追ってきたかぁ……」

　浩介と別れて逃げ出した佳奈と柚子だが、佳奈が走りながら後ろを見ると、逃げ出す際に聞いた通り自分たちを追っている天智チームの姿が見えた。

「天智さんは……」

「いないみたい。多分浩介のほうに残ったんでしょ。あんなんでも教導官だもん」

「大丈夫、かな……?」

「平気平気。あいつにはあたしたちだって勝てないんだから、こんなところで侮ってる奴を相手に負けたりなんてしないって。それより、あたしたちはしっかりと逃げないと。一人でもやられたらその時点で終わりなんだから」

「そ、そうだね」

「とりあえず、今はこのまま目的地まで行こっか」

そうして佳奈達と天智チームによる森の中の追いかけっこは始まった。

「きゃっ！」

「柚子っ！」

森の中をしばらく走っていると、最初にいた場所のように少し開けた場所に出た。

だが、最初にいた場所と違うのは、目の前には池があることだ。

「止まれ！」

「ッ……ハァハァ……」

「やっと、追いついたぞ」

「……もう逃さない。ここで倒させてもらうわ」

前は池によって進むことができず、後ろは追っ手がいる。左右に逃げようとしてもその前に攻撃を喰らう。

状況としては相当にまずいと言える状況だ。

「……やー、こんなところまで追ってくるなんて、あたし的にはストーカーは遠慮してもらいたいんだけどなぁ」

「そんなふざけたことを言ってられるのも今の内だ。こちらは三人でそちらは二人。しかもそのうち一人は直接戦闘が不得意な後衛。勝てるわけがない」

「素直(すなお)に棄権すれば、痛い目に遭(あ)わずに終わるぞ」

天智チームのメンバー達はそんなことを言っているが、佳奈は表面上は苦い表情をしているが、内心では笑っていた。

「うわぁ、いかにも悪役っぽいセリフ。そんなしょぼいセリフを吐くだなんて、あんた達の親玉も格が知れるってもんよね。ねえ、柚子?」

「う、え……そ、そうだね……」

この場所に来るのは作戦通りとはいえ、それでも追いつかれないように走るのは後衛である柚子にとってはかなりきついことだった。

「……棄権する気は、ないんだな?」

「棄権ね……」

佳奈は天智チームへと視線を巡(めぐ)らせると、はぁぁ、とゆっくりとため息を吐き出してから武器から手を離した。

そんなことをすれば当然武器は地面へと落ち、佳奈の持っていた大槌(おおつち)はドスンと音を立てて地面へと転がった。

そんな動作で佳奈が諦(あきら)めたと思ったのだろう。天智チームのメンバー達の間にあった緊(きん)

張が明確に緩んだのが感じられる。

「やあっ！」

「ごっ⁉」

が、その瞬間、佳奈は腰につけていた拳大の鉄球を手に取り、投げつけた。

そんなことをするとは思っていなかった天智チームの一人は、その鉄球を避けることができずに腹部に直撃を受けてしまう。

「そんなもん、するわけないでしょうがっ！」

「がっ⁉」

そして、そんな攻撃を受けた仲間に気を取られた他のメンバー達は隙だらけとなり、佳奈はその瞬間を見逃すことなく接近し、鉄球を受けた一人を殴り飛ばした。

佳奈の拳を受けた前衛の男子生徒は大きく吹っ飛ばされた。

一定以上のダメージを受けると発動する治癒の魔法が発動していないので、まだ失格にはなっていないがすぐに動けるようにはならないだろう。

「かかってきなさい！　あんたたち三人くらいなら、あたしがまとめて片付けてやるんだから！」

そんな佳奈の挑発を受け、天智チームのメンバー二人は佳奈を警戒する。

「っ！　……？　おい、北原がいないぞ！」

「なっ⁉　どこへっ……！」

いきなり仲間が倒されたことを警戒して、佳奈を囲みながらも迂闊に手が出せなくなっていた天智チームだが、そのうちの一人が少し離れた場所にいたはずの柚子がいなくなっていることに気がついた。

「柚子なら逃げたわ。追いたいなら、追ったらどう？」

佳奈がそう言いながら視線を右へと向けると、そこには小走りでこの場所から遠ざかっている柚子の背中が見えた。

それを見た天智チームの一人が、アイコンタクトをしてから柚子を追おうとするが、その足元に先ほど仲間を襲った鉄球が大きな音を立ててめり込んだ。

「行かせないけどね」

「ぐ……このっ！」

地面に落ちていた自身の武器である大槌を拾った佳奈は、それを構えて不敵に笑ってみせた。

――こいつを倒してからでなければ追うことはできない。

天智チームはそう判断すると、即座に行動に移した。

「おっそいおっそい！　それ！」

だが、それでも攻撃は当たらない。

敵の構成は前衛二、後衛一、だったが、佳奈の攻撃によって前衛の一人はダウンしてしまっている。

そして残っている後衛は治癒師なので、攻撃には参加しているものの攻撃の『圧』というものがない。

「よっ、ほっ！　こ……こっ！」

だからそれも必然だろう。佳奈の攻撃によって治癒師の女が蹴り飛ばされた。なんとか受け身を取ったのか、それとも佳奈が加減したのかわからないが、結界による回復は発動していない。

だが、先ほどの前衛の生徒に続いてこちらもすぐに動けるかと言ったらそうでもないようだ。

これで残るは前衛の剣士一人のみ。天智チームにとっては決していい状況とはいえない。

なかなか攻撃を当てられないこの状況でも、魔法使いが範囲系の魔法を使えば仕留めることは可能だろう。

だが、その魔法使いは現在自陣の宝の守護をしているためにこの場所にはいない。

しかしそれでも、相手は全学年合わせて上位に入るチーム。そのまま終わったりはしなかった。

「これでっ！」

「うわっ！　でも――」

初撃で倒したはずの生徒が立ち上がり、背後から佳奈を襲った。

まだ立ち上がれるような怪我ではなかったはずなのに、と思って佳奈はチラリと周囲を確認すると、治癒師の女子生徒が移動していた。

どうやら彼女が仲間を癒したようだ。

剣士の男子生徒が振るう剣戟を躱す佳奈。

だが、治癒され立ち上がった生徒と、佳奈と戦っていた生徒とが協力して戦うことによって、佳奈の動きにそれまでの勢いがなくなってきた。

いかに佳奈が強くなったとはいえ、まだまだ発展途上。勢いに乗っているときには強いが、勢いを止められればその強みは失われる。

佳奈は二人の連携を防ぎ、凌いでいくが、このまま治癒師までもが完全に回復したら最後は追い込まれると思い、負傷覚悟で相手の攻撃を防ぐことなく持っていた大槌を振り回した。

攻撃の途中だった剣士の生徒は、まさか今のタイミングで反撃が来るとは思っておらず驚きに目を見開いて咄嗟に攻撃を止めると精一杯体を捩るが、それでも力一杯振り回した大槌を避けることができなかった。

そんな状況であってもなんとか自分の体と大槌の間に剣を割り込ませることができたのは流石といえよう。

だが、その程度では全然足りない。

いくらなんでも、とてつもない力で振り回された重量物をたかが剣一本で受け止めることはできなかったようで、盾として構えた剣は砕け、大槌はその勢いを僅かに削られただけで剣士の体を打ち据えた。

そして佳奈の振り回す大槌を体で受けた剣士の生徒は、振り回される大槌の勢いによって大きく飛んでいった。

「あっはははは!!　ホームラーーーン!!」

大槌によって飛ばされた生徒は、それが致命傷と判断されたのだろう。結界が作動して治癒の魔法が発動した。これで一人リタイアだ。

「なんだあのでたらめさはっ！」

「性格変わってない!?」

敵を吹っ飛ばしながら笑っている佳奈だが、それを見た天智チームの残っているメンバーの二人は全く笑えない。頬を流れる汗は状況のまずさからくる冷や汗だろうか。

自分たちはリーダーであり特級である天智飛鳥がいない状況だった。

だがそれでも、自分たちは全員一級で、チームの編成もバランスの悪くないものだった。

さらには敵は二人なのに対して自分たちは三人。負ける要素がない。そのはずだった。

だというのに、今では剣士と治癒師の二人しか残っていない。しかも剣士は回復したとは言えすでに疲労が溜まっている状態で、治癒師は怪我を治したために魔力が減っている。

あり得ない。自分の知っている相手じゃない。ふざけるな。こんなことがあってたまるか。

そんな本来ならあり得るはずのなかった理不尽な状況に怒りたくなる天智チームの二人は心なしか呼吸が荒くなっているが、それは動き回ったからというだけではなかった。

だが、佳奈に言わせればそれこそ冗談ではない、だ。

「ったりまえでしょー！　あたしはあんた達にムカついてんの！　それをぶちのめせるんだから普段と違うに決まってんじゃん！」

怒りたいのは自分の方だ。自分たちこそふざけるなと言いたいのだ。

自分勝手な理屈を並べてさも自分たちが正しいかのように言い、お前は間違っているのだと押し付けて仲間を——友達を泣かせた。

しかもその理由が自分が舐められたせいだという。

なんだそれは。ふざけるな。ふざけるな。ふざけるなっ！

友達を泣かせたあいつらも、友達が泣く理由を作った自分も、全部全部腹が立つ。

認められるか。認めてなるものか。

だから——全部ぶっ飛ばしてやる。

「あんた達は関係ないかもしんないけど、恨むなら自分たちのリーダーを恨んでよね！」

それが浅田佳奈が拳を握り、武器を振るう理由。

「くっ！　浅田の武器は強力だが、重く遅い！　軽くてもいいから避けながら反撃し続けろ！」

「そうそう！　避けなさい！　あーーーっはははははは!!」

そうして一撃でも喰らえば……いや、まともに喰らわずとも掠っただけでも重傷になってしまいそうな大槌振り回しが、止まることなく放たれ続ける。

しかし、天智チームの二人はランキング上位者としての矜持からか、それでも諦めることなく戦いを続ける。

「く、このっ、いつまでも調子に——あ」

だが、治癒師のおかげでなんとか立ち上がり戦ってきた剣士の生徒だが、佳奈の攻撃は相当こたえていたようだ。

それに加えてこれまでの戦闘も合わさって、不意に剣士の生徒の足からかくんと力が抜けた。

「あはっ！」

その瞬間を佳奈が見逃すはずがなく、思い切り力を乗せた、だがギリギリ死なない程度の力で剣士の生徒を殴り飛ばした。

「なっ⁉」

そしてその生徒の体は、浩介との話を終えて仲間を追いかけて現れた天智のすぐそばにあった木に激突した。

その瞬間、致命傷を負ったと判断され、辺り一帯に仕掛けられていた回復魔法の結界が作動した。

これで二人目。

「どうしてっ！　なにがあったのですかっ⁉」

「やっほー、天智さん。突っ込んでばっかりの怪力娘でーす。あなたの仲間、二人退場しちゃったよ。――ってか、退場させたよ」

仲間の元へと辿り着いたと思ったら突然仲間が飛んでくるなどかけらも想像していなかった飛鳥は、混乱しながらも武器を構えて声の聞こえてきた方向を警戒する。

「確かに私たちはあんたや瑞樹に比べたら弱いけどさぁ――あんまりなめんなよ」

飛鳥がその方向へと視線を向けると、そこでは佳奈が大槌を肩に乗せて不敵に笑っていた。

「……浅田さん。これはあなたが？」

「見ればわかるっしょ？」

「三人はあなたよりも上位だったはずですが……」

「格付けだけで強さは決まんないんだって。それに、その上位って……いつの話をしてんのよ」

飛鳥達と瑞樹達の強さを記していたランキングというのは、もう二ヶ月以上も前のものだ。

男子三日会わざれば刮目せよ、とは言うが、人というのはごく短期間であっても成長するものだ。

戦いというのは心の持ち様でいくらでも変わる上、この夏休みの間に必死になって鍛えた佳奈達にとって、現在のランキングなどもはや単なる飾りでしかなかった。

「……なるほど。あなたを甘く見すぎていたようですね」

「そう言ってもらえると頑張った甲斐があるわー。今更理解しても遅いけどね」

苦々しい表情で佳奈を見つめる飛鳥。嫌に空気が重いように感じるのは状況の悪さ故か。

すでにメンバーの三人がやられており、うち二人は結界による回復魔法が作動し、失格扱いとなっている。

つまり、状況としては宮野チームが五人全員残っているのに対して、天智チームは四人しか残っていない。しかもそのうち一人は負傷しており、一人は宝の守護をしている。俊は使わないと決めている以上、まともに動けるのは自分だけ。

圧倒的に不利な状況だと言えた。

「どうするの？　戦う？　それとも、撤退する？　戦うなら――」

佳奈は一旦そこで言葉を止めると、全身から獰猛な気配を滲ませて飛鳥を睨みつけた。

「後二人消えてもらうことになるけどね」

どうするべきか。戦うか、それとも撤退するか。

戦えば勝てるのだとしても、冒険者として考えるのなら敵の奥の手や想定外の事が起こりうることを考え、仲間を連れて撤退するべきなのだろう。もしくは仲間が逃げる時間稼ぎをする。

そして態勢を整えてから再度挑む。それが正しい冒険者の選択だ。

だが、飛鳥は宮野チームに余裕を持って勝つつもりでいた。だというのに、相手を舐めた挙句にこの結果。

ここで引き下がってしまえば、たとえ勝ったとしても飛鳥はそれを誇ることはできないだろう。

それに……

「消えるのは一人だけですよ」

「へえ？　見捨てるの？」

「いいえ。消える一人は私たちではなく――あなたです」

やられっぱなしというのは気に入らない。

「フッ！」

「――ッ！」

その瞬間、佳奈の認識を超えて接近した飛鳥から突きが放たれた。

それを受けることができたのはほとんど偶然と言ってもいい。なんとなく嫌な感じがした気がしたから避けた。それだけだ。

「ぐっ、っつ～～～～！」

だがその一撃だけでは終わらない。

続く連続の突きを避け、防ごうとする佳奈だが、その一つとして避けることができない。

それでも避けることができないなりに致命傷を避けているのは特訓の成果だろう。

「……それほどの重量武器を使いながらの立ち回り、見事です。余程鍛えたのでしょうね」

「そりゃあどうもありがとう。ま、ね。教導官が役に立たないから」

しかし、状況だけを見れば疲れた様子も怪我も全くない飛鳥と、たった数十秒程度の攻防だったというのに全身傷だらけで息を切らしている佳奈。

どっちが優勢なのかは語るまでもない。

これが特級と一級の差。埋めようのない現実だ。

「……その点は同情しますよ。あんな者を教導官と仰がなくてはならないのですから」

「随分と嫌われてるみたいだけど、そんな嫌なことでもあったの？」

「少々話をしただけです。その結果、私とあの者ではいつまでたっても相容れないと分かっただけの事」

飛鳥は浩介との会話を思い出して不愉快そうな顔になったが、すぐに頭を振って武器を握り直した。

「そんなことよりも、続きといきましょう。あなたを倒して、すぐに他の方も倒してみせます。勝つのは私たちですから」

　そして、今度こそ仕留めるのだと足に力を込めた、その瞬間――

「これで「天衝」――っ!?　きゃあっ!?」

　飛鳥の足元から天を衝くほどの炎の柱が発生した。

「吹っ飛べえええええ!!」

　普通なら焼け焦げるでは済まないだろう炎。だが相手は特級。無傷ではないかもしれないが、それでも生きているだろうと判断し、佳奈は自らも炎の中へと突っ込んでいき大槌を振り回した。

　その結果、飛鳥は炎の直撃と、さらに佳奈の全力の攻撃を喰らって大きく飛ばされた。

「バカ。流石に炎の中を突っ切るのは無茶」

　そうして姿を見せたのは宮野チームの魔法使いである安倍晴華だった。

　彼女がこんなにいいタイミングで現れたのは偶然ではない。最初からこの場に待機していたからだ。

　敵を誘導し、佳奈が暴れて注目を集めたところで、後からやってきた飛鳥を仕留める。

　それが宮野チームの立てた作戦だった。

　浩介があえてゆっくりとした話し方でおしゃべりをしていたのはそのためだった。佳奈が暴れ、敵を混乱させるための時間稼ぎ。

「いいじゃんいいじゃん。お守りは持ってたし、結果として当たったんだから」

「でもあれは――」

敵を仕留めたことで笑っている佳奈だが、晴華は難しい顔をした状態で飛鳥の飛んでいった方を見つめている。

「うそっ⁉ どうして起き上がれんのよ！」

「やっぱり……」

すると、佳奈の攻撃が直撃したはずの飛鳥がゆっくり立ち上がった。

「当たる前に風で自分を吹き飛ばして、ついでにクッションを作ってた」

「いやいや、あの一瞬でそんなことできんの？ てか、あいつ前衛でしょ？ なんで魔法使えんの？」

「できるからこそ、『特級』なのですよ」

本来は前衛は魔法を使うことができないはずなのに、その常識を破って当たり前のように立ちはだかる。

これが特級。これこそが特級。世界でも一握りしかいない理不尽の塊だ。

佳奈達の仲間でありリーダーでもある瑞樹も剣を主体としつつも魔法を使うが、それにはかなりの集中力が必要だ。だが飛鳥はそれを当たり前の様に使う。

「撤退」

「そうね……」

「逃(のが)すと思いますか？」

「なら、そっちのも道連れにしてやるわ」

「火炎(かえん)」

晴華が魔法を口にすると同時に、飛鳥の視界が今日三度目の炎に塞がれた。

「……逃し、ましたか」

道連れ、という言葉から先程(さきほど)と同じように炎を突き破っての攻撃が来るものだと思って身構えた飛鳥だが、いくら待っても攻撃は来ず、炎が消えた後には二人の姿はなかった。


――天智　飛鳥――


「大丈夫ですか？」

「ぐっ……は、はい、なんとか……」

佳奈たちがいなくなったことで、飛鳥は倒れていた仲間に近寄っていった。

「消耗が大きいようですが、なにがあったのですか？　いくら浅田さんが強くなったとは言っても、三人がかりで負けるような相手ではないでしょう？」

「わかり、ません……。ただ、途中から、やけに息苦しく……」

「息苦しく？」

戦いの場では動き回るのだから息が乱れることはおかしくない。

だが、その程度なら自分たちの仲間が息苦しいなどということはないはずだ。

そう考えた飛鳥だが、ではなぜ？　と考えるとその息苦しさの理由が思いつかない。

「……これは汗？」

だが、そうして考えていると、飛鳥はふと治癒師の女子生徒に違和感を感じた。

（もしかして、ここに来た時に空気が重いと感じたのは、気のせいではなかった？）

息苦しさと異常な量の汗、それから自身がこの場にきた時の空気の違和感。

「温度上昇による熱中症……安倍さんですか」

そう。最初からこの場で戦うことを想定していた佳奈達は、罠を仕掛けていたのだ。

敵に気づかれないように徐々に、だが確実に相手の体力を蝕んでいく見えない魔法。

『宝』の防衛のために魔法使いを置いてきたから、というのもあっただろうが、目の前の佳奈ばかりを気にしていた者達には気づくことができなかった。

（ですが、彼女はこんな小細工を好むような性格でしたか？）

だが、原因に気づけたとしても飛鳥はそこにもまた違和感を感じた。

（いえ、とにかく今は一旦下がらないと）

しかし、そんな違和感について考えるよりも、今はこの場をどうにかしなければならないと考え、頭を振った。

（とはいえ、一人で三人を運ぶのは難しいですし、俊を……）

だが飛鳥はそこでふと思いとどまった。

（これが相手の策だとしたら？　疲労させて歩けないようにし、宝の守りを引き剥がす。

……ない、とは断言できない）

現在の宝の守りにおいてきたのは魔法使いだ。一応前衛役の俊がいるとはいえ、ここで飛鳥がその守りを呼んでしまえば宝を守るのは魔法使い一人となる。

飛鳥は仕方がないと首を振り、意識のない二人を抱え、意識のある治癒師は申し訳ないが歩かせることにして自陣へと戻ることにした。

「……俊」

飛鳥たちが自分たちの宝の在り処へと戻ってきたのはそれから三十分後。試合が始まってから一時間が経った頃だった。

　時間の経過によりなんとかまともに動くことができるようになった仲間を引き連れて戻った飛鳥達だが、それでも三人はボロボロで、うち二人はリタイアしている。

　だが、そんな彼女らの姿を見ても、俊は何も驚いた様子を見せなかった。

「驚かないのですね」

「ええまあ。そうなるかもしれないなとは思っていましたね」

　飛鳥は自身の従者の言葉に苛立ちを感じたが、その理由を尋ねる。

「……なぜそう思ったのですか？　単純な実力差もチームの人数も、こちらの方が上でしたのに」

「純粋な力の評価と人数はその通りですが、実際の戦闘能力についてはどうでしょうか？」

「実際の戦闘能力？　あなたは彼女たちの評価と実力に乖離があると？　……いえ、そうでしたわね。実際、彼女たちは私たちの想定していたよりも強かった」

　俊の言葉に一瞬だけ反発しそうになった飛鳥だが、佳奈と戦った時のことを思い出して自身の考え違いを認めた。

「そちらもですが、私の言っているのはそれを成した人物です。彼女たちは、誰のおかげで評価と実力に乖離ができるほど強くなれたのか」

だが、俊が言っているのはそこではない。

「それは……彼女たち自身の努力ではありませんの？」

「教導官。彼はなんのためにいると思われますか？」

「教導官？　……あの男が宮野さんたちを強くしたと？」

「ええ。私はそう思って――」

「あり得ませんわ」

だが、俊が自身の考えを最後まで説明する前に、その言葉は飛鳥によって遮られた。

「……そう判断された理由は？」

「遭遇時に機会がありましたので少し話しました。ですが、私の願いはゴミだと。……あのような男が理由で強くなったと言われても、納得できるはずがありません」

「……そうですね……では『伊上浩介』という男について、冒険者専用の掲示板で調べてみてください」

冒険者として登録していると、一般人には見ることのできない情報を閲覧することができるようになる。

そこにはモンスターの生態や、冒険者の一覧などが載っているのだが、逆に言えば一覧くらいしか載っていない。

だが、特級やなんらかの功績を残した者は別だった。

「それはあの男の名前？　そんなの、調べるまでも――」

「調べてください」

今度は俊が飛鳥の言葉を遮った。

そのことに飛鳥は違和感を覚えたものの、ここで問答しても意味がないと思い、俊の言うとおり調べることにした。

とはいえ、何も出てこないだろう。出てきたとしても大した情報ではない。そう思っていた。

「……え？」

「見つけましたか？」

「え、ええ。でもこれって……」

だが、調べた結果出てきた情報を見ると、飛鳥はしばらくの間そこに何が書かれているのか理解できなかった。それほどまでの功績――偉業(いぎょう)が書かれていたのだから。

「今回、あなたは敵を侮った。だから名前という前情報があったのにそれを調べもせずに試合に挑んだ。いえ、名前を知らずとも、相手のことはできる限り調べるべきです。これが実戦なら、そちらの三人は死んでいたのですから」

今回は治癒魔法の結界というものがあったからリタイアで済んでいるが、これが本当にダンジョンの攻略なのだったら、三人……少なくとも確実に二人は死んでいた。

「彼の言うことは正しいですよ。お嬢様の願いは立派です。ですが、まずは自分を守らなければ話にならない。そして自分を守れてから仲間を守り、大事なものを守り、そして他のものへと手を伸ばすことができるのです。自分にできる最善を怠ったのなら、進んだその先は『死』です」

「――っ！」

仲間であるはずの俊にそう言われたことで、飛鳥は反論しそうになる。

だが、状況は決して間違ってはいない。自分は相手を舐めて挑み、いいようにあしらわれたのだから。

故に、飛鳥は何も言うことができずに黙り込んでしまった。

「…………どう、すればいいの」

時間にして五分程度だろうか、しばらくの間無言で俯いたままだった飛鳥は、相変わらず俯いた状態のままだが小さく言葉を漏らした。

「好き嫌いを捨てなさい。誰かを好くなとも、嫌うなとも言いません。ですが、戦場においては好悪で相手を判断してはなりません。敵であっても、味方であってもです」

俊はそんな飛鳥の様子を見てフッと軽く笑うと、諭すように話し始めた。

「この試合はこちらが格上であり、さらに人数が一人多いと言うこともありお嬢様は私をここに残しました。ですが、それは悪手でしかない。宝の守りに人を残すのはいい。ですが、ならば私を探索に出して他のメンバーを残すべきでした。それならば、同じ状況になっても脱落者が出ることはなかった。少なくとも、二人同時に、と言うことはなかったはずです」

今回のゲームにおいての最善手は、飛鳥と俊以外のメンバーが自陣を守り、二人が敵陣を探し、乗り込むというものだった。

だが、飛鳥は自身のプライドからそれをしなかった。

「一度自身の言った言葉を翻すのも、この状況も気に入らないでしょうけれど、勝ちたいのなら使えるもの全てを使って行動しなさい」

飛鳥はそんな俊の言葉を聞いて拳を握りしめ、唇を噛み締めている。

だが、それでもその瞳は……心は折れてはいない。

「……………………俊」

「はい。なんでしょう」

「敵を倒します。力を貸しなさい」

「はい、お嬢様」

ああ、人の成長を見るというのは素晴らしいものだ。

俊は目の前でまっすぐ自分を見つめている少女を見てそう思った。

そして、状況は再び動き出す。

木に寄りかかって座っていると、何やら大きな気配が近寄ってきた。

隠す気はなさそうだが……思ったよりも早かったな。

「ああ、やはり退場してませんでしたね」

「……なんだ、『白騎士』様じゃあないか。奇遇だな、こんなところで」

そうして警戒しながら待っていると、姿を見せたのはあのお嬢様に護衛兼教導官として付き添っていた『白騎士』なんて呼ばれている特級の冒険者、工藤俊だった。

この様子だと、気づかれてんよなぁ……。

「ですね。まあこちらは奇遇というわけではなくあなたを探していたのですが」

「俺を？　ああそうか。悪いな、まだ退場してなくて。お前んところのお嬢様に攻撃されてな。もうちっとばかし休んでからここを出てく——なんのつもりだ」

だがそれでも、と座ったまま話していると、工藤は持っていた剣を俺に突きつけた。

「怪我を、見せてもらうことはできますか？」

「……チッ。やっぱ気づいてんのかよ」

まだ時間が稼げる。ともすれば最後まで気づかれないかも、と思っていただけに、この場で気づかれたことに舌打ちしてしまう。

「ええ。あなたは『負けた』とお嬢様に宣言したみたいですが、『白い布』はどこですか？負けを認め、棄権する者は必ず他人からわかるところに白い布を掲げておかなければならない。それはつまり、敗北宣言だけでは試合的には負けたことにならないということです。でしょう？」

そうだ。それが　この試合のルールだ。

それは意図して作ったものではないのかもしれない。

単なる設定ミスで、こんなことをするのは想定外なのかもしれない。

だが、それでもルール上は俺の行動になんら問題はない。

いくら情けなく負けたと言おうが、治癒魔法が発動するか白い布を掲げなければ、失格扱いにはならないのだ。

つまり降参と宣言しただけの俺は、まだ失格ではない。

「……ま、そうだな。で？」

「剣を」

「戦えってか」

「ええ。一応今回の事はお嬢様の成長の糧となりましたので、お礼として剣を構えるくらいは待ってあげますよ」

「はっ、お礼がその程度かよ。もうちっとハンデとかくれてもいいんだぞ？」

ふざけてやがるとしか言いようがない。特級の前衛相手に三級の後衛が剣で戦えって？

無茶なことを言いやがる。

「まさか。そこまでの余裕はありませんよ」

「バカいえ、余裕がないのはこっちだろうが」

だが、俺が何を言ったところでこいつは見逃す気がないだろう。

そうして『白騎士』と俺の戦いが始まった。

◆◇◆◇

お互いに剣を持ってからすでに三十分と言ったところか。

のらりくらりと道具を使ったりして凌いできたが、そろそろきつい。さすが特級。怪我してもこれくらいはやってのけるか。

手っ取り早く倒す手段がないわけでもないのだが、こうも戦いの様子を撮影されている状態では使えない。と言うか使いたくない。

……やっぱり、当初の予定通りやるしかないか。

「……あー、こりゃあ無理だな。流石白騎士。怪我しててそれかよ」

「それはあなたもでしょう。特級に食らいつく三級なんて、そうそういないでしょう」

「お前よりもヤバいのを相手にしたことが何度かあるもんでね」

「ああ、イレギュラーに遭遇したんでしたね」

「……それと周囲の被害を考えない自己中暴走女な」

その時の俺の顔は苦いものに変わっていただろうと言うのが自分でもわかった。

俺の言った『自己中暴走女』が誰を示しているのかわかったのか、工藤は眉を寄せて難しい顔をした。

だがまあ、あいつを知ってるとそうなるだろうな。

「……ああ。彼女にも遭遇しましたか。よく生きてられましたね」

「遭遇っつーか……まあ生き残らなきゃ死ぬからな」

「確かに、彼女――『世界最強』に比べたら私など大した脅威ではないでしょうね。特級とはいえ、私はその中でも下の方ですから」

そう。工藤の言ったように、俺の言った自己中暴走女とは、世界最強と呼ばれる特級の覚醒者だ。

アレはとりあえずモンスターを殺し、ゲートを壊すが、それ以外の一切を気にしない。

街が壊れようが、人が巻き込まれようが、頼まれたから壊しておくだけ。

俺はそれに遭遇したことがある。

というか話したりしたし、なんならアレの住んでるところに行ったこともある。死ぬかと思ったが。

……まあそれはいい。今はアレのことは考えたくない。

「いやいや、十分脅威だっての」

「そう言っていただけると嬉しいですね」

工藤はそう言いながら笑っているのだが、そこで終わりにはならない。

「では、もう一度やりましょうか」

残り二十分……そろそろか。

「なあ、一ついいか？」

剣を構えてもう一度戦いを始めようとしている工藤に向けて声をかけた。

「時間稼ぎですか？」

「そうだよ。だからちょっと話に乗ってくれ」

「お断りします」

だが、俺の言葉はすげなく断られた。ま、当然だわな。

でもそれじゃあ俺が困るんだ。

「こ、れはっ……！」

工藤が俺に接近して攻撃を仕掛けようとしたその瞬間、地面から無数の鎖が飛び出し、工藤の、そして俺の体を同時に縛った。

「触れているものを十分間拘束して魔法の使用を制限する、警察でも使われてる特殊捕縛用魔法装備『グレイプニル』。名前を考えたやつは些か中二病な気がするが、センスは嫌いじゃないな。こんな世界だしちょうどいい」

「……ですが、試合終了まで残り二十分程あるはずです」

「だな。だが、ほら見てみろ。アレはこれを使ってから九分五十九秒後に発動するように設定してある。こいつの効果が切れたところで、もっかい捕まってお終いだ」

俺が顔だけで示すと、そこには俺たちには絡(から)み付いていない鎖が落ちている。

「試合終了までちっと体勢的に辛(つら)いが、それまで仲良くおしゃべりでもしようか」

四章　イレギュラーとの遭遇

——宮野(みやの)　瑞樹(みずき)——

「残り二十分ね……」

「このまま逃(に)げ切れれば楽なんだけどねー」

浩介(こうすけ)が敵の教導官、工藤俊(くどうしゅん)と戦っている頃、宮野チームは全員が同じ場所に集まっていた。

「い、伊上(いがみ)さんは大丈夫(だいじょうぶ)かな？」

「だいじょーぶじゃない？」

「……問題ないみたいね。相手の教導官と戦ってたけど、優勢よ」

「そ。なら、あとはあたしたちがこのまま逃げ切るだけってわけね」

瑞樹達は回線が開きっぱなしとなった通信機に耳を傾(かたむ)けつつも、周囲を警戒(けいかい)しながらどこか余裕のある態度で話をしていた。

だが、晴華だけは話に入らずにどこかを見つめている。

それはある意味ではいつも通りと言えるのだが、瑞樹はその様子がどことなくいつも通りではないように感じた。

「？　どうかしたの、晴華？」

「……嫌な感じがする」

その言葉を聞いた瞬間、チームメンバー達は警戒態勢となり周囲へと気を配るが、何も起こらない。

「何も、ないよね？」

「……嫌な感じって、相手が来てるってこと？」

「違う。もっと嫌な何か……だと思う」

晴華にしてははっきりとしない言葉に、他の三人は首を傾げる。

「悠長に会話をしている余裕なんてあるのですか？」

だが、それ以上話すことはできなかった。

「っ！　散開！」

咄嗟に発せられた瑞樹の声に反応して宮野チームのメンバー達はその場を飛び退く。

だが、それを避けることができたのは相手が手を抜いていたからだろう。でなければ最初に声をかけることなく仕掛けていただろうから。

「ようやく見つけましたわ」

「天智さん。……こっちとしては、時間いっぱいまで見つけて欲しくなかったんだけどね」

そうして現れたのは、やはりというべきか敵チームのリーダーである天智飛鳥だった。

飛鳥が槍を構え、瑞樹たちはそれぞれが武器を構える。

これから最後の戦いが行なわれるのだろう。そう思わせるには十分な光景だ。

だが、不意に飛鳥が構えを解き、頭を下げた。

そのことに混乱する宮野チームの面々だが、それでも飛鳥は言葉を口にする。

「……戦う前に、まずは非礼をお詫びいたします。あなた方を侮ったこと、申し訳ありませんでした」

そして頭を上げると、真剣な表情で再び槍を構え直し、威圧感を放った。

飛鳥から放たれた圧力に気圧される宮野チームだが、唯一瑞樹だけは動じることなく剣を構えている。

「ですが、これからは全力で参ります！」

それを見た飛鳥は口元に笑みを浮かべると、グッと足に力を込めた。

「「「「――っ!!」」」」

だがその足が瑞樹たちへと向かって踏み出されることはなかった。

飛鳥が走り出そうとしたその瞬間、遠くから何かの叫び声が聞こえたからだ。

それは人では到底ありえないような、奇怪な声。

「何これ!?」

「モ、モンスター!?　駆除してあるはずじゃないの!?」

瑞樹たちがランキング戦のために使用しているこのダンジョン。現在は冒険者たちによってモンスターが駆除されていたために特に場所を気にすることはなかったが、その元々の名を『多腕猿の森』。名前の通り、もともと生物が持っている一対の腕の他に、複数の腕を持つ巨猿の住まう森が中心となったダンジョンだ。

そのダンジョンの主が、仲間を殺され、自身の領域を人間に好き勝手にされているという事実に怒り、立ち上がったのだった。

「さて、あっちはどうなってるかね」
「さあ。ですが、あなたはあなた方の勝利を信じてるのでしょう?」

「勝利を信じる、じゃなくて、勝利を疑ってないんだよ」

「……はは。流石は『生還者』。よほどあの子達を『生還』させる自信があるんですね」

「いいや、違う。自信ってのは、自分を信じるで自信だ。他人に対する言葉じゃない」

「ではなんと？」

「……信用、かね」

「まだ教導官として活動し始めてそれほど——っ⁉」

そんな会話の途中で工藤は突然声を出すのをやめて喉を押さえた、俺がそれに驚くことはない。

何せ、俺がやったのだから。

「そんな信用に対して、あいつらは俺を信頼してくれてんだ。だったら信頼に応えるためにも、ここで引き分けなんてのはかっこつかないだろ」

やったことというのは単純だ。以前小鬼の穴でやった時のように、喉を塞いだだけ。って言っても、水の球をそのまま口元に持っていったところで噛み砕かれたり息を思い切り吐き出されておしまいだ。

普通ならその程度だとどうってこともないんだが、特級が相手なら別。こいつら、ありえないことを普通にやってのけるからな。

「──っ！　────!!」

「魔法が使えないっつったから油断したんだろうが、敵の言葉を信じんなよ。悪いが、これは〝旧式〟特殊捕縛用魔法道具『グレイプニル』。今正式に使われてるのはこれのバージョンアップ版なんだが、旧式は拘束されてても魔法が使えんだ」

俺が話している間にも、工藤は口をパクパクと動かして身を捩って逃げ出そうとしているが、純粋な物理だけではこの鎖からは逃げられないだろう。

「──っ!!　────あ」

「おつかれさん。悪いけど、拘束時間も十分じゃないんだわ」

それから暴れている工藤を前に少し待ち、鎖が俺たちを拘束してからおよそ八分ほどの時間が流れた時、鎖の拘束がとけた。

そして、それを知らなかった工藤は暴れ続けていたことでバランスを崩し、逆に俺は解けることが分かっていたので準備して待っていた。

だが、それだけで終わるほど特級は甘くない。

たとえ何分も溺れていたとしても、予想外のことで体勢を崩したとしても、それでも向かって来るのが特級だ。

だから……

「汝に光あれ――ってな」

体勢を崩しながらも俺に向かってきた工藤だが、俺はそれに対処するためにネックレス型の魔法具を起動させ、あたりを光で埋め尽くした。

しかしだ。それでも終わらないのが特級。

目が見えていないはずなのだが、それでも俺を捕まえようと手を伸ばしている。

この手に掴まれれば、俺は負けるだろう。

だから、あえて捕まりに行く。

「っ⁉」

流石の工藤もそれは予想外だったのだろう。伸ばした手が俺に触れたというのに、それがすぐに俺を掴むことはなかった。

それは一秒にも満たないほどの僅かな迷い。だが、俺にはそれで十分だった。

俺の服に工藤が触れたその瞬間、呪いが発動した。

「ぐっ！」

「っ‼」

くそ、自分もかかると分かっていても嫌なもんだなあ！

それはごく簡単な呪いだ。

誰かに不幸が訪れればいい。病気が悪化すればいい。怪我がひどくなればいい。

そんな誰もが願ってしまうような、大昔からあるようなとても簡単なもの。呪い関連は本来の俺の魔法適性ではないが、こんな簡単なものでいいなら使うだけは使える。

だが、この呪いが簡単なものとは言っても、こいつには致命的になる。

何せ元から特級の呪いを受けているのだ。元々の呪いと俺のかけた呪いが作用し合い、結果としてその呪いは全身を蝕み、苦悶の表情をした後に声を出すこともできずに地面に倒れ、気を失った。

しかし、人を呪わば穴二つというように、専門家ではない俺が使った呪いは、ごく初歩的なものとはいえ俺自身にも返ってきた。

だが、俺には元からかかっている呪いなんてない。加えて、俺の呪いの技術じゃあそんなに強くはかけられない。

なので精々が疲労の度合いが強くなったり、怪我の痛みが強くなったりと、少し不快になるくらいだ。

こいつにかけた呪いももう消えてるし、あと十分もすれば目は覚めるだろう。何せ特級だし。だがなんにしても、これでこいつは終わりだ。

いやー、よかったよかった。こいつが呪いなんてもんにかかってて。

一応準備はしておいたが正直使うことになるとは思ってなかったからな、呪いなんて。

「とりあえず合流するか」

俺たちを撮影しているドローンを呼んでこいつが倒れたことを教えると、俺は宮野たちの元へと向かうべく歩き出そうとしたのだが……。

「このままリタイアして——なんだっ⁉」

その足は数歩進んだところで止まった。

森の向こう、宮野たちがいるはずの方向から嫌な予感がしたのだ。

「この感じは……チィッ！　またかよクソッタレ！」

もう体験したくないと思っていた覚えのある感覚に舌打ちしながら、俺は仲間の元へと走り出した。

——宮野　瑞樹——

「どうしてあんなのがっ！」

浩介が俊との戦いを終えて走り出した頃、瑞樹たちは浩介の感じた感覚の元に混乱しながらもどうするべきか話し合っていた。

今彼女たちが感じている気配の元は、いままで対峙してきたどのモンスターよりも上……どころか、比べ物にならないほどに恐ろしいものだった。

「多分、倒し切っていなかった、ということでしょうね」

「もしくは新たに発生した可能性もありますが、どちらにしてもイレギュラーの存在であることは間違いありませんわ」

慌てている佳奈に対して、瑞樹と飛鳥の反応は比較的冷静だ。

だが、その内心は両者ともに普段通りとは間違ってもいえなかった。

「どうすんの⁉」

「もちろん――倒します」

ほとんど悲鳴のような佳奈の問いかけに、飛鳥はギュッと槍を握り締めながら答えた。

「できるの？　あれ、ここのボスみたいだけど……」

自分たちは確かに特級だ。普通のモンスターやダンジョンの主なら倒すことができるだろう。

だが、おそらくではあるが感じる気配の元も――特級。

学校に入学してまだ半年程度しかたっていない、新人とも呼べない半人前以下の自分たちで倒すことができるのだろうか。

瑞樹はそう不安を滲ませた声で飛鳥に問いかけた。

「何を怯むことがあるというのですか。モンスターを倒すのが冒険者である私たちのなすべきことでしょう？」

「そうだけど……一級、もしかしたら特級の可能性だって——」

「だとしても、関係ありませんわ」

だがそれでも飛鳥は引かない。

自身に問いかけた瑞樹をも、そのチームメンバーをも気にすることなく、ただ真っ直ぐに強大な気配の元へと視線を向けている。

「ここで下がってしまえばあのモンスターはゲート前で待機している方々を襲うでしょう」

今はランキング戦の最中だった。それ故に、その戦いの様子を撮影するためにゲートの入り口付近には多くの機材が置かれており、多くの人が集まっていた。

いかに敵が強大だとしてもここで倒さなくては、せめて足止めをしなくてはその者たちが襲われることになる。

それは人々を守るために冒険者を目指している飛鳥にとっては認められないことだった。

「そうでなくても私たちを追いかけるでしょう。そうなれば結局戦うという結果は変わりません。ならば、どうせ戦うのでしたら、逃げて疲労が溜まる前にしっかりと態勢を整えて戦った方がいい。そうは思いませんか？」

どうあっても引く気のない飛鳥の言葉を受け、まずは自身の安全を確保しろと浩介の教えを受けていた瑞樹たちは眉を寄せて飛鳥のことを見た。

だがそれでも飛鳥は臆することなくまっすぐに前を見ている。

瑞樹は、誰かを守るために立ち上がるそんな姿が、かっこいいと思ってしまった。

（……ごめんなさい）

愚かなことはわかってる。

教えを無駄にすることもわかってる。

自分勝手な自己満足だというのも、当然理解している。――だがそれでも。

「……そうね。ここで逃げるわけにはいかない、か」

「ええ。だから、アレはここで倒します」

瑞樹は飛鳥の横に立つと、逃げるために鞘に戻した剣をもう一度引き抜き、それを構えた。

「はっ⁉　ちょっ、ほんとにアレと戦う気⁉」

「逃げたければ、どうぞ。私は戦うというだけですので」

突然の瑞樹の行動を見て、逃げるつもりだった佳奈は驚きの声をあげるが、それに答えたのは飛鳥だった。

「あんたに聞いてんじゃないのよ！　瑞樹！」

「ごめん、佳奈。晴華と柚子も。私も、ここで引いちゃいけないと思うの」

仲間が自分のことを呼んでいる。きっと彼女たちも瑞樹の行動を咎めているのだろう。

瑞樹はそのことに心苦しさを覚えたが、一瞬迷うと覚悟を決めて仲間たちに向かって言葉を紡いだ。

「……無理強いはしないわ。これは相談なく私が勝手に決めたことだから。だから――いたっ⁉」

だが、そんな覚悟を持って放たれた瑞樹の言葉は頭を叩かれたことによって無理やり止められた。

瑞樹が頭を押さえながら後ろへと振り向くと、そこには悲しんでいるような、怒っているような顔をした佳奈がいた。

「このバカ！　なんでっ……どうしてっ……あーもう！　何バカ言ってんの！　友達を置いて逃げるわけないでしょうがっ！」

「わ、私も逃げない、よっ！」

そんなバカな選択をした自分についてくることを選んだ友達の言葉を聞いて、瑞樹は仕方なさそうに、でもとても嬉しそうに笑った。

「同じく」

「……ありがとう」

危機的な状況であるというのは変わらない。そのはずなのに笑い合っている瑞樹たちを見て、飛鳥は以前に瑞樹の言った『最高のチーム』という言葉が脳裏をよぎった。

「……私は間違っていたのでしょうか？」

「え？」

「……いいえ。なんでもありません。それよりも……来ますわよ」

そして、先ほどから強くなっていた気配の主がついにその姿を見せた。

その体は大きく、一軒家と同じくらいの大きさがある。

そんな巨大な猿の体からは、通常の二本の腕の他に何本もの腕が生えており、その姿はさながら千手観音のようだ。

千手観音とは違ってさすがに千本も腕はないが、それでもその数は百近くはあるのではないだろうか？

その腕は全てが同じ大きさというわけではない。太く短いものもあれば、逆に細く長いものもある。

そんな歪さが、モンスターの恐ろしさを増していた。

――ゴアアアアアアアッ!!

ビリビリと空気を震わせる叫び。

本来の猿の鳴き声とは似ても似つかないそれは、聞いただけで気を失ってもおかしくないほどの圧力を感じさせた。

「っ！　晴華！」

「絶火！」

晴華が魔法を口にした瞬間、晴華の前に小さな拳大の炎が現れ、それは巨猿の頭部に飛んでいく。

巨猿はそれを避けるように体を屈めたが、その程度では意味がない。

その小さな炎が巨猿の頭上にたどり着いたその瞬間――炎が咲いた。

その威力は凄まじく、並のモンスターならば灰すら残すことなく焼き尽くすだろう。

だが、炎が消え去った後には少し体を焦がしただけの巨猿が怒りの声をあげているだけだった。

「……これは……ちょっと骨が折れそうね」

つー、と冷や汗を流しながら、瑞樹は震えそうになる体に力を入れてモンスターを見据えた。

突然高温に晒されたことで巨猿は怒りを込めて叫び、自身の腕を前に伸ばしながら走り出した。

「宮野さん！」

「ええ！」

この場において前衛として敵の攻撃を引きつけることができるのは瑞樹と飛鳥の二人だけだ。

佳奈も前衛ではあるが、その能力のほとんどは攻撃に費やしているので、防いだり避けたり、というのはあまり得意ではない。

なので、今瑞樹達と共に敵に向かっていっても返り討ちにあうだけだ。

そのことを悔しく思いながらも、佳奈は自分にできることをするために動き出した。

瑞樹たちが巨猿と遭遇してから既に十分程だろうか？

もう十分なのか、それともまだ十分なのかは判断する者によるだろうが、瑞樹達にとっては〝まだ〟の方だった。

たった十分しかたっていないにもかかわらず、既に瑞樹達の疲労は溜まっていた。

元々短期決戦を狙っていたために飛ばしていたということもあるが、それでも本来の彼女達ならばもう少し余裕があっただろう。

だが、瑞樹と飛鳥以外の三人が、この十分の間にすでにダンジョン一帯に張ってある治癒の結界が作動してしまい後がないのだという事実が彼女達の動きを鈍らせていた。

今は防御寄りの動きをしているが、少しでも攻撃がかすっただけで重傷になる攻撃を避け続けるというのは、本当の意味で命をかけた戦いをしたことがない瑞樹達にとっては辛いものだった。

「くっ！　……佳奈っ！」

「せいっ、やあああああ!!」

だが、そんな疲労が溜まった状態にあってもなお、瑞樹達は諦めることはなく戦っていた。

瑞樹と飛鳥が囮となり、晴華と佳奈が攻撃を重ねていき、怪我をしたら柚子が癒す。

既に巨猿の腕を何本も切っており、このままなんとかなるんじゃないかと思わせるような戦い。

初めての強敵を相手にここまで戦えるのは見事と言える。

「あがっ！」

だが、特級の冒険者が常識を投げ捨てているように、特級のモンスターもまた、常識をぶち破っている存在なのだ。

切ったはずの腕が再生し、飛鳥を殴り飛ばした。

「天智さん！」

殴り飛ばされた飛鳥は地面に叩きつけられ大きく跳ね上がると、そのまま何度かバウンドしてから木に激突してようやく止まった。

生きてはいるし、意識はある。だが動けないようだ。

柚子が駆け寄ろうとしているが、狙ったのか偶々なのか、飛鳥が飛ばされたのは柚子のいる位置とはモンスターを挟んで正反対の位置だった。

「ぐうっ……まだ……まだああああああ!!」

飛鳥が消え、囮としては瑞樹しかいなくなったために巨猿からの攻撃はその苛烈さを増した。

瑞樹は必死になって対応するが、今まででもギリギリだったのに攻撃の数が倍になってしまえば、対処し切れるわけがなかった。

（このままじゃ……死――）

――グオオオオオオオオオッ!?

「え？」

瑞樹がそう遠くないだろう未来を想像したその瞬間、今まで瑞樹を狙っていた巨猿の動きが乱れ、なぜか自身の顔を押さえ始めた。

「想定外に出くわしたら逃げろって教えたはずだろうが、バカども」

「いがみ、さん……」

そして、瑞樹達の教導官としてチームに参加していたメンバーの一人、伊上浩介が姿を見せた。

―◆◇◆◇―

「多腕っていやあ多腕だけど……多くね？」

一応この場所の情報は調べておいた。いくらモンスターを駆除したって言っても、そもそもなんでこんなダンジョンなんてもんができてるのかわかってないんだ。モンスターが突然現れることだってあるかもしれない。事実、そうなっている。

だから突発的(とっぱってき)なモンスターとの遭遇にも対処できるように情報を調べ、準備をしてきたのだが、さすがにあれは情報にはなかった。

「あ。え、あの……」

「話は後だ、バカ娘(むすめ)その一。なんで逃げない」

俺(おれ)はこいつらに死んでほしくないと思い、ダンジョンにおいて生き残るための術を教えた。

その中には確かに、想定外の状況になったらとりあえず逃げろ、と教えてあったはずだ。

こいつらの能力なら、アレからも逃げることくらいはできたはずだ。

あそこに倒れてるお嬢様(じょうさま)を見捨てられなかったとしても、一人くらいなら担(かつ)いで逃げることもできるだろう。

だというのに、こいつらはあのモンスターに立ち向かっていた。

「うあ……だって、逃げたらゲートには大勢の人が……」

「それでも逃げろって教えたはずだ。助けられるのなら助ければいい。だがなお前たちは今、他の誰かを助けようなんて思える状況か？　違うだろ。自分の命の安全を確保し、その上で余裕があるなら他人を助けろ。そう教えたはずだったと思ったんだが、それは間違(まちが)

いか？」

「う……すみません」

俺はこんな状況になったことに苛立ち、その苛立ちを宮野へとぶつけるが、今はそんなことをしている場合じゃない。

「……まあいい。ともかく今はアレを倒すぞ」

「逃げないんですか？」

……誰のせいだと思ってんだ？　俺だって逃げられるなら逃げたいさ。

「ああ。お前らのせいでな。今更逃げたところで、あれはお前らを追ってくる。俺は他人なんて知ったこっちゃないが、それでもお前らに死んでほしい、死んでもいいと思ってるほど薄情じゃねえつもりだ」

他人なんてどうでもいい。死ねば多少何か思うかもしれないが、無理して助けるほどではない。

だが、仲間は見捨てたくない。それがたとえ一時的なものだったとしても、だ。

「そこのお嬢様。俺のことは気に入らないだろうが、生き残りたかったら言うことを聞け」

「……」

北原によって治癒を受けているお嬢様に向けて話しかけるが、まだそれほど治っていないのか、それとも俺のことが気に入らないのか、黙ったままこっちを向いている。

だが、話を聞いているのならそれで構わない。

「それから……そこのバカ娘その二、三、四！　しっかりと働いてもらうぞ！　特に猪娘！　休んでないでこっちに来い！」

「誰が、いのししだってのよ……」

これまでの戦闘で疲労が溜まっていたのだろう。モンスターに明らかな隙ができているというのに、浅田は大槌を杖がわりにして寄りかかりこっちを見ているだけで動いていない。

そしてそれは安倍と宮野も同じだった。

俺が現れたことで驚いたってのも影響してるんだろうけど、それくらいで注意を逸らすのだからそれは集中力が途切れてきている証拠だ。

これは多少の無理をしてでもさっさとケリをつけないと、誰か死ぬかもな……。

「作戦は簡単だ。俺がアレの動きを妨害して隙を作る。お前らはそこに攻撃を叩き込め。浅田は脚。安倍は頭部。宮野とお嬢様は腕を減らすのを優先だが、ある程度減らしたら頭にいけ。北原は攻撃を避けながら回復。ただしできる限りアレの意識に入らないようにしろ。以上だ」

「随分と大雑把な作戦ですね」

「そうだな。ろくに作戦会議してる余裕もないからな。それに、したところであんなデカブツ用の訓練なんてしてないんだ。連携なんてとれないだろ」

すぐそばで話を聞いていた宮野が言葉を漏らしたが、大雑把と言われようがこれしか作戦がないのだ。

「チッ！　もう動くぞ！」

だがまあ、調べてきた情報にはなかったって言っても、想定はしてたんだけどな。

何せ俺はこれまで何度も想定外の出来事に遭遇している。呪われてんじゃないかって思うくらいの遭遇率だ。

そんな俺が、もしかしたらもう一度遭遇するかもしれない、なんて、考えないわけがないだろ？

「まずはこれだっ！」

取り出したのは、銃。エアガンとか魔法銃とかそんなんじゃなくて、マジもんの銃だ。

いくらここがゲートやダンジョンや魔法なんてものがあるって言っても、俺達が暮らしているのは地球なんだ。銃くらいあるさ。

だったらなんでみんな使わないのかっていうと、そんなの、銃を使うより殴った方が強いし速いからに決まってる。

ただし、それは一級や特級、あとは特化型の二級くらいなもんで、三級は銃で戦った方が攻撃力という点では上だ。まあ、当然ながら免許が必要だけど。

それに、持ってても弾数の問題とかあるからほとんどサブウェポンとしてしか使わない。

これが軍隊とかだと銃をメインとして使う部隊もあるんだけどな。

「やれ！」

まあそんな銃から銃声を数回程響かせながら、巨猿の膝を撃ち抜き転ばせる。どんなバケモンだって関節は弱いもんだ。怪我はしなくとも衝撃で怯ませることぐらいはできる。

すると、俺の声を聞いた宮野、浅田、安倍の三人が一斉に攻撃した。

大槌が巨猿の足の親指を叩き潰し、炎が頭部を焼き、剣が腕を切り落とす。

その痛みに巨猿は絶叫しながら滅多やたらに暴れるが、その頃にはもう全員離れている。

さて次を、と思ってたら宮野が切り落とした腕が新しく生えてきた。

……再生能力があるのは知ってたが、ここまでか。

だがまあ、それも想定内と言えば想定内。

なので気を取り直して次の行動に移る。

「次行くぞ！」

さっき怯ませたうちに準備しておいた魔法を発動し、巨猿の耳の中に水を生み出す。

そしてそれを頭の中へと潜り込ませ――暴れさせる。

それによって巨猿は絶叫をあげてのたうち回る。

暴れているので少し攻撃を当てづらいが、それでも宮野達は外すことなく着実に攻撃を重ねていった。

巨猿が自身の頭を殴りつけると、その衝撃のせいだろう。パンッ、と魔法が壊された。

もう同じ手は効かないかもしれないが、それならそれで構わない。

起き上がった巨猿は、今のを誰がやったのかわかっているのだろう。俺を睨んでいる。

そして雄叫びをあげると再び腕を再生し始めた。

このままでは相手が再生できなくなるまでの持久戦になってしまう。

だが、そうはさせない。こちとら化け物と戦うのはお前で四度目なんだよ。再生能力のあるボスくらい遭遇したことがあるわボケ！

俺は再生するんだろうな、と予想し、あらかじめ腕の切り口部分に魔法を設置していた。

普通なら再生した腕にぶつかって壊されるのがオチだ。

だがそうはならない。普通で無理なら、普通じゃないことをすればいい。

俺の設置した魔法は、巨猿の再生とともに腕の中へと飲み込まれていった。

そして、完全に腕が治ると、俺は取り込まれた魔法を発動した。

するとどうだ、巨猿の腕は確かに治っている。にもかかわらず全く動いていない。

──グオオオオッ!?

動かない自身の腕が不思議なのか、訳のわからなそうな叫びを上げている。

まあ腕が治る途中で神経の接合部に石を割り込ませたんだから動くわけないんだが……

でも、それは隙だぞ?

俺はもう一度銃を取り出して、巨猿の目を撃ち抜いた。

腕が動かない混乱と、眼球を撃ち抜かれた痛みから、巨猿はまたも叫びをあげ、そしてそこを仲間達が攻めていく。

……このままいけば倒せるんだがな。

だが、そんなことを何度も繰り返し、あと少しで倒せるだろうというところで、巨猿に新たな動きがあった。

「天智さん!?」

「くそっ！　切った腕まで操るかよ！」

怪我は治っているものの、まだ動くことができないお嬢様を狙って切り落とされたはずの腕が勝手に飛んでいったのだ。

巨猿のサイズに相応しい大きな腕は、ぶつかれば人一人くらい簡単に潰すだろうという勢いで飛んでいく。

このままでは、あのお嬢様が死ぬ。

「ナイスだ白騎士！　だがちっとおせえんじゃねえか⁉」

「あなたとの戦いのせいなんで仕方ないですよ！　間に合っただけよしとしてくださ い！」

だが、そうはならなかった。

俺が倒したはずの特級冒険者――『白騎士』と呼ばれる男が飛ばされた腕とお嬢様の間に入って防いだのだ。

「まだ本調子ではないので攻撃には参加できませんが、後ろは任せてください！」

あいつがいるなら後ろは任せてもいいな。

だが、あいつ自身が言ってるように本調子じゃないみたいだし長引かせるのはまずいか。

そう考えながら、先ほど飛んでいった腕へチラリと視線を向けると、その腕はもうぴくりとも動いていない。

腕を飛ばしたものの、それ以上動かないところを見ると飛ばすことしかできないと考えるべきか？

いや、そう楽観するべきじゃないな。それは俺たちを油断させるためであって、飛んでった腕も操れると思うべきだろう。

……仕方がない。あまりやりたくはないが、浅田たちも疲れて動きが鈍ってる。これ以上引き延ばすと本当に誰か死ぬかもしれない。多少賭けの要素もあるが、やるしかないな。

俺はそう判断すると軽くため息を吐いてから宮野に向けて大声で叫んだ。

「宮野、俺が隙を作る。お前は最大火力で頭を狙え！」

「で、でも、私まだ完全に操れるわけじゃ……」

だが、そんな俺の言葉に宮野はビクリと反応すると、自信なさげに答えた。

それは知っている。訓練はしたが、完璧に操るなんて一朝一夕じゃできっこないからな。

しかし、状況が状況だ。やってもらわなければ困る。

「いいからやれ！　できるかどうかなんて聞いてねえ！　できなきゃ死ぬだけだ！　俺の教えを無視して首突っ込んだんだ、最後くらいきちっと片つけてみせろ！」

そんな俺の言葉を聞いても数秒ほど悩んだ宮野だったが、覚悟を決めたのか宮野から魔力の高まりを感じた。

そして、その魔力は髪を靡かせながら宮野の体から溢れ出すと、あいつの持っている剣へと収束していった。

そんな様子を見て納得すると、俺は手首につけていた真っ白な細いミサンガを引きちぎり、それを取り出したクナイに結びつけて投げつけた。

それは巨猿の胴体を狙っており、今の体勢からでは避けられないだろう。

そして巨猿もそう思ったのか、クナイは避けるのではなく腕で薙ぎ払われた。だが――

「なに、あれ……」

それは誰の声だったのか。

巨猿がクナイを弾こうと腕を振るい、クナイとぶつかった瞬間、その腕が黒く燃え上がった。

その不気味な炎を消そうとしたのか、他の腕で炎を払う動作をしたが、炎は触れたもの全てに移り、燃やしていく。

「宮野！　やれえええええ!!」

巨猿の動きを止めた俺は叫びながら宮野へと振り返る。

すると、振り返った先には宮野が青白く輝く稲妻を纏っている剣を構えていた。

「やあああああっ!!」

そして、叫びとともに宮野は剣を振り下ろした。

丸みを帯びた三日月とでも言おうか。そんな形をした稲妻が宮野の振り下ろしとともに剣から放たれ、未だ炎をどうにかしようともがいている巨猿へと飛んでいった。

そして——光と音が周囲を蹂躙した。

目の前に雷が落ちたのではないかと思わせるような轟音。

目を瞑っていてもなお、眩しく感じるほどの強烈な閃光。

だが、そうなることを予想していたので衝撃が収まった後もどうにか動くことができる。

そしてそれは宮野自身も同じだったのだろう。少しふらつきながらも巨猿がいた場所へと視線を向けている。

俺たちが視線を向けた先には、まだピクピクと動いているものの、ほとんど虫の息と言ってもいい状態の巨猿が腕や体の大半を炭化させていた。

本来の宮野の全力を喰らったのなら即死でもいいのだが、まだ力の使い方が甘かったのだろう。

「——や……やった、の？」

そう呟くと、宮野は緊張が解けたからか、力を使い果たしたからか、ドサリとその場にしゃがみ込んだ。

「おい宮野」

「あっ、伊上さん！　やった！　私たち、勝ったわ！」

俺が声をかけると、宮野ははしゃいだ様子でこちらに振り向いた。

その気持ちはわかる。だが、この馬鹿め！　まだ終わりじゃないんだよ！

――グ……オオオオオ……！

「え？」

宮野は呆然とした声を漏らしながら後ろに振り返るが、あいつが今から動いても間に合わないだろう。

だが、死にかけの巨猿が宮野へと襲いかかる前に両者の間で爆発が起こった。俺の投げた爆弾だ。

それによって座り込んでいた宮野は吹き飛ばされるが、その程度のことは油断した代償と思ってもらおう。どうせあいつにとっては力を使い果たした状態だったとしても大した威力じゃないだろうし。せいぜいがちょっと汚れるくらいだが、それくらいは今更だろ。

そんなことよりも、あいつはどうなった？

片手に銃を持ち、もう片手には爆弾を持った状態で俺は油断なく死にかけだった巨猿へと視線を向ける。

爆発による煙が晴れたそこには、黒焦げの状態の巨猿が転がっている。

ぴくりとも動かないので死んでいるんだとは思うが、それでも警戒し続け、もう一度耳の穴から頭の中に水を流し込んでかき混ぜる。

それでも反応はなく、アレは本当に死んだのだと息を吐き出した。

本当ならこのまま座り込んで休みたいところだが、まだだ。

俺はさっきの爆発で地面を転がって土だらけになった宮野へと近寄っていった。

「トドメをさすまで気を抜くな、ばかたれ。完全に倒してないのに油断するからそんなことになるんだ。冒険中は油断するなって伝えたはずだったんだが？　俺の記憶違いか？」

「うぅ……聞いたけど……」

地面に座り込みながらこちらを見上げている宮野にそう話しかけると、宮野はしょんぼりした様子で項垂れた。

「ちょっとあんた。勝ったのよ？　私たち勝ったんだからもう少し別の言葉があるでしょ！」

そこに浅田が割り込んできたが、その足はふらついている。やっぱりこいつももう限界だったんだろうな。

「勝ったことと、反省点がないことは別だろ」

「う〜〜……けど——」

浅田が言葉に詰まっていると、北原と安倍もこちらに近づいてきた。

その様子は魔力の使い過ぎで疲れているものの、大きな怪我などはないようだ。もしかしたら隠しているだけかもしれないが、少なくとも死んでいない。なら、それでいい。

「……はぁ。……だけどまあ、全体的によくやったんじゃないか？」

エピローグ　おい勇者、さっさと俺を辞めさせろ！

広く清潔感のある部屋に男女八人が集まって大きな卓を囲んでいる。

「あああああ〰〰〰〰。なんで今回もあんなのに出会うんだよクソッタレぇ〰〰〰」

集まっている男女の女の方は宮野達で、男の方は俺の元チームメンバーだ。

そして情けない声を出しながら机に突っ伏している男が俺だ。

現在俺たちは、試合のお疲れ会と、俺の道具を用意してくれたヤスへの礼を兼ねて食事に来ていた。

だが、個室とはいえ店に来ているのになんでこんな声を出してるか？　んなもん決まってる。あのくそモンスターのせいだ。なんで人生で四回もイレギュラーに遭遇すんだよ。ないだろ、普通。

「そりゃあ、アレだろ。お前好かれてんだよ、ダンジョンに」

「じゃあイレギュラーはダンジョンの求愛行動か？」

「そんな求愛行動は俺はごめんだな」

ない。

「俺だってごめんだわ馬鹿野郎」

元チームメンバー達の言葉に顔を顰めながら返すが、どいつもまともにとり合ってくれ

「まあまあ、生き残れたんだからいいじゃねえか」

「だな。もうこれで冒険者終わりなんだし、最後の記念と思っとけよ」

イレギュラーとの遭遇が記念とか……嫌な記念だなぁ。大体のやつは死ぬぞ、その記念。

「えっと、あの……」

招かれたものの、宮野は若干戸惑っているようだ。

だがまあ、それもそうか。多少は知り合っているものの、俺以外はほとんど知らないおっさんだ。その中でいつも通り振る舞えってのは難しいだろう。

まあ、安倍と浅田はいつも通りの様子だし、北原もそんな二人のおかげかなんとか食事をしていられるようだ。

「おお、勇者ちゃん。あの時の話は役に立ったか?」

「あ、はい。とてもありがたかったです」

と、そこでヒロが宮野にそんな声をかけ、宮野は少しぎこちないながらも笑って頷いた。

だが、こいつらにそんな接点なんてあったか?

「なんだ？　お前宮野となんか話したのか？」

「ああ、まあ、ほら、俺たちが進めたっつっても知らないおっさんと組むのはちょっとアレだろうからな、少し連絡とってお前のことで話をしたんだ」

「……なんも聞いてねえぞ」

「言ってないからな」

ヒロの話を聞いてる感じだと、結構最初の方だろ？

とすると……あそこか？　チームでの話し合いをしたいからって俺が宮野に呼び出されて学校に行った時、あの時宮野が妙に距離感がおかしいと思ったが、こいつのせいか。

「まあ終わったことだ、気にすんな」

「気にすんなって言うの、普通俺じゃね？」

「それこそ気にすんなよ、ハゲるぞ」

気にするような事をしてんのはてめえらだろうが、このやろう。

「あの時の動画見たぞ」

「え……み、見たんですか⁉」

「そりゃあ見るだろ。これでも冒険者……あ、いや、元冒険者なわけだし」

ふと視線をヒロから移すと、宮野達がケイとヤスに絡まれていた。

「み、皆さんも……？」

「どお？　あたしたちかっこよかったでしょ？」

「おう。カッコよかったぜ」

「浅田ちゃんはすごかったな。豪快にドーンってあの猿の足をぶっ叩いて」

「それよか俺は相手チームを一人で相手取ってたのがすげえと思うけどな」

「つっても、あれは一人だけってわけじゃないだろ？　安倍ちゃんのわかりづらい環境作りがあってこそだ。北原ちゃんが逃げて囮になったのもそうだな。逃げた後はすぐに助けられるようにいい場所に陣取ってたし……ま、チームの勝利ってやつだろ」

ケイとヤスがそう言うと、浅田、安倍、北原は満更でもないように笑いながら目の前の料理を口に運んでいく。

「まあでも、宮野ちゃんはまじで勇者の称号をもらうかもな」

「ああ、その件だけどもう称号がつけられるの決定らしいぞ？」

ケイの言葉にヤスが酒を飲みながらなんでもない事のように答えたが……そうなのか。

「え？」

「そうなのか。でも納得って言えば納得だよな」

宮野が間抜けな声を出しているが、俺としては納得だ。

勇者とは、個人でダンジョンを制圧し、ゲートを破壊することのできる力の持ち主。

それと同時に、こいつがいれば大丈夫だ、どんな敵が来てもなんとかなる、そう思わせることのできる英雄だ。

あのイレギュラーにぶっ放した一撃を見られたんだったら、勇者になるのも当然だな。

「まあな。アレだけすっごいのをぶちかましてりゃあ『ただの特級』としては扱えんだろ。二つ名の方は未定らしいけどな」

「な、なんでそんなことが……」

二つ名ってのはその勇者を表す識別証みたいなもんだ。炎を扱うなら『炎の勇者』、類稀なる剣技をもって戦うなら『極剣の勇者』みたいにな。

しかし、基本的にはそれが決まっていない状態ではまだ世間には勇者が決まったという発表はされないはずだ。

だと言うのになんで自分も知らない情報を知っているのか。今の宮野の言葉はそういう意味だろう。

だがヤスはまたもなんでもない事のように自分を指差しながら簡単に言ってのけた。

「ああ。俺、これでも冒険者関連の装備を扱ってる会社の社長の息子だから」

「まあ、いいとこの坊ちゃんんだ」

「三男だってのと才能がなさすぎて半ば放逐されてっけどな」

「うっせえよ！」

俺が今回の戦いの際にいろんな道具を用意したが、それは全部ヤスの伝手を使って用意したものだ。

半ば放逐っつっても、勘当されたわけじゃないから繋がりはあるわけだし俺が揃えるよりも早く安く済んだ。

「で、でもあれは私の力ではなく、伊上さんのおかげという面が強いと思うんですけど……」

「あー、こいつね。この常識人の皮を被った非常識。こいつこそイレギュラーだよな」

ざけんな、俺は常識枠だろ。ただ死にたくないから、死なせたくないから死ぬ気で努力しただけだ。

「あれは無視していいよ。組合の方でもいろいろあるから取り上げられないけど、上の方は知ってるから」

「そうなんですか？」

「ああ。まあその辺はいろいろあるのさ、めんどくさいあれこれがね」

三級に二つ名を与えると他の三級が「じゃあ俺も」と無茶をするからダメ、みたいな話は聞かされた。

他にも何やらあるみたいだが、俺としてはどうでもいい。

多少人より強かったところで、何をしたところで、所詮は三級なんだ。特級と名前を並べるなんてことはできないし、したくない。

「ま、そんなことより食べな食べな。頼みたいものがあったら好きに頼んでいいよ！　コウの奢りだからさ！」

「なんなら酒も飲むか？　今日くらい俺たちは止めたりしないぞ？」

ケイとヒロが酒を勧めているが、そいつら未成年だぞ。

それに、確かに宮野達、それと道具の調達を手伝ってくれたヤスには奢るつもりだが、お前らには奢らん。

「ばかどもが。止めるに決まってんだろ。それから……お前らの分は出さねえぞ？」

「はあ⁉　ざけんな！　どんだけ頼んだと思ってんだよ！」

「知らねえよ！　自分で払っとけ！」

そんなふうに馬鹿みたいに話しながら、俺たちは食事を楽しんだ。

「さて、これでお前たちとの契約も終わって、晴れて俺も冒険者としての『お勤め』が終わるわけだが……どうすっかなぁ」

そして時間が経ち、いい感じに酒が入った俺は酒を片手にそんな事を口にした。

普段はこんなに飲まないが、まあ今日くらいはいいだろ。

「あ？……とりあえずチーム離脱申請だろ？　それやんねえといつまでもチーム登録されたままだぞ？」

「あー、そういやあそうだったな。…………めんどくせぇ」

手続きをしなければいつまでも宮野たちのチームに所属することになるのだから、できるだけ早いうちに取り消さないといけないんだが……手続きってめんどくさいんだよなぁ。

「ははっ、お前こういう申請苦手だよな」

「苦手っつか……訳わかんないんだよな。もっと簡潔に書けよって思うんだよ、無駄にゴチャゴチャしやがって、ってな」

「まあ、それがお役所仕事っていうか、そういう仕様だな」

「はぁ……まあしかたねえか」

「ま、今日は楽しめや」

「俺の金だけどな」

だがまあ、そんな手続きも後で考えればいいか。今考えることじゃないだろ。

「ん？」

そう思って酒を口に運んだんだが、なぜか隣に座っていた宮野が俺の服をちょこんと掴んできた。なんだ？

……っと、そうだそうだ。すっかり忘れてた。

「あー、そういやあお前に言っておかないといけないことがあったんだ」

「？　言っておかないといけないこと、ですか？」

「ああ。……なんだ、勝たせてやれなくて悪かったな」

俺は宮野達に勝たせてやると言ったが、結局あの戦いはお嬢様チームに勝たせてやることはできなかった。

ゲームの途中まではよかったんだが、あの巨猿と戦ったせいで宮野チームは浅田、安倍、北原の三人が治癒の結界が作動してリタイア扱いとなっていた。そのせいでこっちは俺と宮野の二人しか生存判定がされなかった。

それに対して、お嬢様チームはお嬢様本人と宝を守っていたやつと、最初に浅田にぶちのめされたもののリタイアしなかった奴とで合計三人生き残っていた。

時間切れでどちらのチームも宝を見つけられなかった場合は、その時の生存人数の多い方が勝つことになっている。

つまり、二対三で俺たちの負けだった。

あんな奴が出てきたのに、と思うが、モンスターとの戦闘もゲームのうち。それはイレギュラーが出てきた場合でも変わらない。

これであいつを倒せなかったらノーゲームになったんだろうが、倒しちまったからなぁ。

まあ、また後日再試合、ってなると進行に歪みが出るからそれで通したのかもしれないけど。

「いえ、あれは仕方ないと思います。それに、結局今のチームでやっていけることになりましたから、勝敗自体はどうでもいいんです」

ただ俺たちは負けはしたが、宮野の言った通り宮野のチームの移籍の話は無しになった。

どうもあの戦いの後お嬢様と話をしたらしいのだが、その時に謝罪とともに勝負の無効化を言われたらしい。

その辺の詳しいあれこれは聞かないが、まあ無事に終わったんならよかった。

「そうか」

「はい」

そこで話が途切れたので、俺は言いたかったことは言ったし何か頼もうかとメニューをとって視線を落としたのだが、悩んでいると不意に宮野が呟いた。

「……伊上さん、本当に辞めちゃうんですか？」

「ん？　ああ。金は今回の猿で稼げたし、細々と暮らす分にはもう働かなくてもいいくらいなんだ。あとは適当にそこそこの仕事してりゃあ困ることはないからな」

結局行事での成績を残して褒賞、って話はダメだったけど、まあ元からなくても暮らしていけるだけの蓄えはあったし、イレギュラーの討伐で結構な額の金が入った。

ぶっちゃけまともに働かないでも、自分が生きてくだけだったらなんとかなる。

「……そう、ですか」

「そんなこと言わずにさ、もうちょっと一緒にやらない？　ほら、あんたとの冒険もそれなりに楽しかったし……ねえ？」

「そ、そうですね……色々とためになるお話も聞けましたし……」

「ん。まだまだ聞きたいことも師事したいこともある」

俺たちの話が耳に入ったのか、宮野だけではなく他の三人も俺を引き止めるべく話に入ってきた。

「無理だ。俺は辞める」

それでも俺は辞めるんだ。このまま続けていたら、きっとまた誰かの死に遭遇する。それは嫌だ。

俺は自分が辛いことは嫌いだ。苦しいのも痛いのも、そして悲しいのも全部嫌いだ。

……だが、自分が怪我をすることよりも、自分の知っている誰かが死ぬのがたまらなく嫌いなんだ。

だから辞める。冒険者なんて辞めてしまえば、俺は親しい誰かの死なんて見ずに済むから。

しかしそれを言葉にするつもりはない。

「……なに？　そんなにあたし達と一緒にいるのが嫌だったってわけ？」

そのせいで浅田は勘違いをし、不機嫌そうな顔と声で俺へと問いかけてきた。

「……俺としても楽しくなかったわけじゃないが……俺は死にたくないからな。もう三十半ばなんだ。若者と同じようには動けないんだよ」

俺がそう言うと、流石に年齢に関しては文句が言えないようで、浅田は何か言いたそうにしているものの何も言わずにブスッとした表情で俺から顔を逸らした。

そんな浅田の様子に俺は最初の頃を思い出して小さく笑うと、宮野へと顔を向けて話しかけた。

「まあそんなわけだ。宮野、一週間後以降で暇な時ってあるか？　チーム脱退申請をしに行きたいんだが」

「……えっと、すみませんがしばらくは忙しいんです……ほら、その、こ、今回の件とかで色々と手続きなんかがありまして……多分時間が取れないはずです」

「そんなに忙しいのか」

「……はい」

宮野はすまないとでも思っているのか、俺から若干顔を逸らして目を伏せた。

んー、まあ仕方ないか。一応俺たちの出番は終わったって言っても、ランキング戦そのものは元々一ヶ月間程度やる予定だったからまだ続いてるんだしな。

向こうでも話が進まなかったり、宮野を呼んで話を聞くにしても二度手間三度手間なんてこともあるんだろう。

「なら、いつなら空きそうだ？　一月後くらいか？」

「えっと……ちょっとわかんないですね」

だがそれも、ランキング戦が完全に終わった一ヶ月後なら問題ないだろう。

そう思って尋ねたのだが、宮野は視線を逸らしたまま……むしろ更に視線を逸らして、ついには自身の目の前に置かれていた料理に手を伸ばし始めた。

その様子は、何か悪い事をして隠そうとしている子供のように思えた。

というか、そう考えてしまうともうそれ意外には見えない。

「ふーん？　……なあおい。勇者様よ。ちょっとこっち見て話さねえか？　人の目を見て話せって教わったろ？」

俺が声をかけると、宮野はビクッと体を震わせた。

その様子を他の奴らも見ているのだが、何も言わない。強いていうのなら俺の元チームメンバー達三人が面白そうにうっすらとニヤついているくらいだ。なんかすごくムカつく。

だが、宮野は自分に視線が集まっている状況に耐えられなくなったのか、静かに話し始めた――んだが、その様子はどこか普段とは違って子供っぽい気がする。

「……だ、だって、私まだ伊上さんに離れてもらいたくないですし……まだまだ教えてもらうこともあります」

「いやいや、お前、もう勇者なんて称号をもらえるほどに強くなったろ？　そっちの浅田達も十分に卒業後もやってけるくらいだ。もう俺がいる必要なんてないだろ？」

全部教えたとはいえないが、それでもプロの冒険者として活動していける程度には教えたし、これから鍛える方向性もある程度は教えた。あとは反復訓練していればいい。

このまま俺がいなくなったところで、こいつらはやっていけるだろう。

「いやです」

「おい勇者」

とうとう開き直ってはっきり言い切りやがったぞこいつ。

…………はぁ。

「最初に言ったろ？　俺は冒険者なんてさっさと辞めたいんだ。最初の約束どおり、俺は辞めるぞ」

俺はどう言ったものかと悩みながらも、宮野を説得するべくため息を吐いてから口を開いた。

説得って言っても、大したことは言ってないけど。

「……そんなこと、言わないでください。後少し……後少しだけで良いですから、私たちを捨てないでください」

捨てないでって、お前……なんだかそれじゃあ俺たちが関係を持ったみたいに聞こえるぞ。もうちょっと考え――

「お、なんだ、痴情のもつれか？」

「複数の女子高生と外泊したんだから当然だな」

「おいおい、そりゃあまずいだろ。最後まで責任取れよ」

そこで元チームメンバーの三人が野次を入れてきた。

理由はわかっているが、俺がこのチームに入った元々の元凶であるこいつらに言われるとすごくイラッとする。

……っつーかこいつら、この展開を望んでただろ。さっきのニヤついた顔はそうに決まってる！　いやまあ、俺も逆の立場なら同じようなことやるけどさ！

「人聞きの悪いこと言ってんじゃねえよ！　俺は辞めるからな！」

「……でも実際のところ、チームリーダーの許可がないと抜けられませんよね？　絶対に許可なんてしませんから」

元チームメンバーの馬鹿どもに毒されたのか、宮野までそんな事を言っている。

その様子は子供が拗ねたようで、やっぱりどこかこいつらしくない。

……って、こいつ酒飲んでやがる⁉　酔ってんのかこいつ！

「おい！　こいつに酒飲ませたの誰だ！」

「あー、それ。多分ノンアルカクテルと間違えたんじゃねえの？　名前と見た目だけはそれっぽいから俺らでも時々間違えるし」

くそっ、なんてこったよ。もっとわかりやすく書いとけ！

「伊上さ～ん。これからもお願いしますね～」

酔いが進んだのか、それとも周りの状況に流されたとかで箍が外れたのか、宮野はなんの憂いもない笑顔でこっちを見ている。

「これでまだ冒険ができるな。……頑張れ！」

「ざけんなてめえら！　もう無理だって！　俺の歳考えろ！」

俺の肩を叩きながらムカつくぐらいの笑顔でそう言ってきたヒロに同調するように、ケイとヤスも親指を上げている。

そんな三人に思わず叫んでしまうが、それでも俺を引き止めようとする流れは止まらない。

「はんっ、安心しなさい！　あたしたちがサポートしてあげる！」

「私も手伝う」

「え、えっと、あの、よろしくお願いします！」

そして今度は先ほどまでのムスッとした表情を消して楽しげに笑っている浅田と、安倍と北原までもが俺に向かって声をかけてきた。

「そういうわけで、早速次の冒険の計画を立てましょう！　次は何をするの？　やっぱりダンジョンに行くのかしら？」

慣れない酒で酔っているせいで、宮野は明らかに普段と違う様子で楽しげに笑いながら俺の腕を掴んでいる。

「おい待て。待て勇者！　宮野！　俺は辞めるんだ！　そう言ったろ⁉」

「い、や、よ。まだまだ一緒に冒険するんだから！」

「くそおおおお！　さっさと俺を解雇しろ！　このクソ勇者！」

俺の冒険はまだまだ続くのかっ⁉

To be continued……？

あとがき

まず初めに、本書を手に取っていただいた皆様ありがとうございます。初めまして。本作品を連載させていただきました『農民ヤズー』です。

今回の作品ですが、元々本作は『小説家になろう』にて『農民』という名を使い、『おい勇者、さっさと俺を解雇しろ！』というタイトルで連載していたものであり、今回はそれを手直しした作品になります。

ですので、本書を読んでくださった方の中には「前にも読んだことあるよ！」と私のことや私の作品のことをご存知の方もいることでしょう。……いると嬉しいな。

さて、今回の作品である『最低ランクの冒険者、勇者少女を育てる』ですが、この度ありがたくもホビージャパン様にて書籍という形で発売することができました。

前述した通り、私は小説家になろうにて物語を書いていましたが、ただ自分の妄想を描き記しただけなので、こんな風に本になるとは考えていませんでした。

もちろん全く考えていなかったと言うわけでもないのですが、それは「そうなったらいいな」という程度のもので、一番の目的は自分の楽しみのためでした。

そもそもの話、私が物語を書くようになったきっかけは、本を出版したいからではなく、ただ私自身が楽しい本が読みたかったからです。

今まで色んな本を読みましたが、少し自分の好みとはズレてしまっていたために心から満足しきれない気持ちがありました。

そこで、なら自分で自分の理想のお話を書けばいいじゃないか、と考えて書き始めたのが最初でした。

ただ、小説の書き方を真剣に学んだわけではなかったので書き初めはこれでいいのか、とちょっと不安でした。

ラノベに限らず小説は色々と読んできましたが、その構成や書き方についてはよく見ていなかったんだと言うことを思い知りましたね。

こうして本を出すこととなった現在ですが、いまだに段落の分け方や記号の使い方なんかはよくわかっていないので、その時の気分で進めているのが実情です。

個人的に一番やばいと思っているのがルビですね。もう結構長く執筆活動していますが、正直なところ今使ってる機材の使い方がよくわかっていないので、どうすればルビをつけることができるのか全くわかっていません。

なので、今回の作品には特殊な読み方をする固有名詞は出てきません！　まあ、今のところはですけど。今後は出てくるかもしれませんが。


まあそんな感じでできた本作ですが、いかがだったでしょうか？

元々私自身が楽しむために書かれた物語りなので、万人受けするものではなく、合う合わないがあることだと思います。

それでもわざわざお金を払ってご購入いただいたのですから、それなりに楽しんでいただけるものに仕上がっていればいいなと思っています。

読んでみたけど、ものすごく期待外れだった、ということはないと思いますが、「絶対に楽しい作品だ」とは口が裂けても言い切れません。ですが、それでも楽しんでいただければ幸いです。

今回発売されることとなった当作品ですが、所々修正はしているものの、ぶっちゃけると内容そのものはＷｅｂ版のものと大した違いはないものです。

ですが、それは最初だけです。最初の一巻こそたいして変わりませんが、そのあとは少しづつ変わる予定です。

具体的には新キャラが出たり新展開があったり、Web版では全部書くのがめんどくさくて省略した章が追加されたりだったりと、まあ色々です。

そちらが読みたければ今回の一巻に引き続き、二巻三巻と買っていただければ新しい内容となって皆様にお届けすることができるでしょう。

……まあ実際のところは続きが出るかどうか、今後はどうなるかなんてわかりませんけど、続きを出すことができる場合は全力で頑張っていきたいと思ってますので買っていただけると喜ばしく思います。


最後に、この本を手に取ってくださった方だけではなく、この本を制作するにあたって関わった皆々様、誠にありがとうございました。

特に担当編集の方はしっかりとメールや電話等での確認をしていただき、不安なくことを進めることができました。

そして素晴らしい絵を描いてくださった桑島黎音さん。ありがとうございました。以前から何度か桑島さんの絵を見たことがあって、その度に綺麗な絵だなと思っていたので、今回担当していただくことになってとても嬉しく思っています。

今後も続くかは分かりませんが、Web版を読んでくださった方もそうでない方も飽きさせない作品へと変えていきたいと思っておりますので、これからも本作品を読み続けていただければなと思います。

それでは次巻にて再びお会いできることを祈っております。

HJ文庫 https://firecross.jp/
994

最低ランクの冒険者、勇者少女を育てる 1
～俺って数合わせのおっさんじゃなかったか？～

2022年3月1日　初版発行

著者――農民ヤズー

発行者―松下大介
発行所―株式会社ホビージャパン

〒151-0053
東京都渋谷区代々木2－15－8
電話　03(5304)7604（編集）
　　　03(5304)9112（営業）

印刷所――大日本印刷株式会社

装丁――小沼早苗（Gibbon）／株式会社エストール

Printed in Japan

ISBN978-4-7986-2762-5　C0193

ファンレター、作品のご感想
お待ちしております

〒151－0053　東京都渋谷区代々木2－15－8
(株)ホビージャパン HJ文庫編集部 気付
農民ヤズー 先生／桑島黎音 先生

召喚士が陰キャで何が悪い 1

著者／かみや
イラスト／comeo

陰キャ高校生による異世界×成り上がりファンタジー!!

現実世界と異世界とを比較的自由に行き来できるようになった現代。異世界で召喚士となった陰キャ男子高校生・透は、しかし肝心のモンスターをテイムできず、日々の稼ぎにも悪戦苦闘していた。そんな折、路頭に迷っていたクラスメイトの女子を助けた透は、彼女と共に少しずつ頭角を現していく……!!